A ARTISTA DO CORPO

DON DELILLO

A artista do corpo

Tradução
Paulo Henriques Britto

COMPANHIA DAS LETRAS

Título original
The body artist

Capa
Angelo Venosa

Preparação
Isabel Cury

Revisão
Cláudia Cantarin
Carmen S. da Costa

Dados Internacionais de Catalogação na Publicação (CIP)
(Câmara Brasileira do Livro, SP, Brasil)

DeLillo, Don, 1936-
A artista do corpo / Don DeLillo ; tradução Paulo Henriques Britto.
— São Paulo : Companhia das Letras, 2001.

Título original: The body artist.
ISBN 85-359-0184-1

1. Romance norte-americano I. Título.

01-5358 CDD-813.5

Índice para catálogo sistemático:
1. Romances : Século 20 : Literatura norte-americana 813.5
2. Século 20 : Romances : Literatura norte-americana 813.5

[2001]

EDITORA SCHWARCZ LTDA.
Rua Bandeira Paulista 702 cj. 32
04532-002 — São Paulo — SP
Telefone (11) 3846-0801
Fax (11) 3846-0814
www.companhiadasletras.com.br

A ARTISTA DO CORPO

1.

O tempo parece passar. O mundo acontece, desenrolando-se em momentos, e você pára e olha de relance para uma aranha comprimida contra a teia. Há uma nitidez de luz e a sensação de que as coisas estão precisamente delimitadas e listras reluzentes na superfície da baía. Você sabe melhor quem você é num dia de luz forte depois de uma tempestade, em que a mais miúda folha que cai é transfixada pela autoconsciência. O vento arranca um som dos pinheiros e o mundo se faz, irreversivelmente, e a aranha paira na teia balançada pelo vento.

Aconteceu nessa última manhã de eles estarem ali ao mesmo tempo, na cozinha, um se esgueirando do outro, passo arrastado, pegando coisas em armários e gavetas, depois cada um esperando sua vez de usar a pia ou a geladeira, os dois ainda um pouco imersos na poça dos sonhos derretidos, e ela abriu a torneira para lavar um punhado de mirtilos e fechou os olhos para sentir o aroma.

Jornal na mão, ele mexia o café. Eram dele o café e a xícara. O jornal era lido pelos dois mas na verdade, tacitamente, era dela.

"Quero dizer uma coisa mas o quê."

A água escorria da torneira e ela pareceu notar. Era a primeira vez que ela notava.

"Sobre a casa. É isso", disse ele. "Uma coisa que eu queria te dizer."

Ela notou que a água da torneira ficava opaca em segundos. Saía cristalina e aí segundos depois ficava opaca e o engraçado era que depois de todos esses meses e todas as vezes que ela abriu a torneira da pia da cozinha ela nunca tinha notado que a água saía límpida no início e depois ficava não exatamente turva mas opaca, ou então nunca tinha acontecido antes, ou ela tinha notado e depois esquecido.

Foi até o armário com as frutas molhadas na mão e pegou a caixa de cereal e levou-a à bancada, a caixa basicamente marrom e branca, e aí aquele negócio da torradeira fez plop e ela apertou de novo porque para o pão ficar torrado tinha de fazer plop duas vezes, e ele fez um gesto distraído de aprovação porque a torrada era dele e a manteiga era dele e aí ele ligou o rádio e estava dando a previsão do tempo.

Os pardais estavam no comedouro, batendo asas, disputando espaço nos poleiros curvos.

Ela abriu o armário mais próximo, pegou uma tigela, pôs um pouco de cereal dentro e jogou os mirtilos por cima.

Enxugou a mão no jeans e teve a vaga sensação da cor azul, descorada e úmida.

Como é que chama o negócio, a alavanca. Ela havia baixado a alavanca para que a torrada dele ficasse bem tostada.

A torrada era dele, a previsão do tempo era dela. Ela ouvia os boletins meteorológicos e ligava para o serviço de meteorologia com freqüência e às vezes ia até a frente da casa e olhava para o céu do litoral, saboreando a brisa e tentando sondar suas implicações latentes.

"É, claro. Eu sei o que é", disse ele.

Ela foi até a geladeira e abriu a porta. Ficou parada lembrando uma coisa.

Perguntou: "O quê?". Ou seja, o que foi que você disse, e não o que era que você queria me dizer.

Lembrou-se dos grânulos de soja. Foi até o armário e pegou a caixa e segurou a porta da geladeira antes que ela se fechasse. Enfiou a mão dentro para pegar o leite, compreendendo o que ele tinha dito e ela não ouvira cerca de oito segundos antes.

Toda vez que tinha de se abaixar para pegar algo nas partes mais baixas e remotas da geladeira ela gemia, mas não era toda vez, não, um gemido que parecia um lamento por toda uma vida. Ela era tão esguia e ágil que não sentia nada ao se abaixar, estava só ecoando Rey, identificando-se com ele, gemendo o gemido dele, mas de modo tão inconsútil e profundo que o desconforto era dela também.

Agora que havia se lembrado do que queria dizer a ela, ele parecia ter perdido o interesse. Nem era preciso olhá-lo no rosto para perceber isso. Estava no ar. Estava na pausa que se seguira ao comentário dele de oito, dez, doze segundos antes. Uma coisa insignificante. Ele sentiria estar se amesquinhando se mencionasse um assunto tão trivial.

Ela foi até a bancada e despejou soja sobre o cereal e as frutas. A torradeira espocou ou espoucou e ele levantou-se e pegou a torrada e levou-a para a mesa e depois foi pegar a manteiga e ela teve de se afastar da bancada, a caixa de leite na mão, quando ele se aproximou para abrir a gaveta e pegar uma faca para passar manteiga.

As vozes do rádio pareciam estar falando em hindi ou coisa parecida.

Ela colocou leite na tigela. Ele sentou-se e levantou-se. Foi até a geladeira e pegou o suco de laranja e ficou parado no meio da cozinha sacudindo a caixa para que o sedimento se misturasse e o suco ficasse mais espesso. Ele só se lembrava do suco depois que a torrada estava pronta, sempre. Então sacudia a caixa. Depois servia um copo de suco e ficava olhando para a camada de bolhas espumantes que se formava na superfície.

Ela tirou um fio de cabelo da boca. Parada diante da bancada, olhou para o fio curto e claro, que não era dela nem dele.

Ele continuava sacudindo a caixa de suco. Sacudia mais do que o necessário porque não estava prestando atenção, pensou ela, e porque aquilo dava um prazer meio bobo e inofensivo, o prazer infantil de sentir o suco se debatendo dentro da caixa fazendo chuoc e o cheiro de papelão e laranja.

Disse ele: "Você quer um pouco?".

Ela estava olhando para o cabelo.

"Responde porque eu não tenho certeza. Você toma suco?", perguntou ele, ainda sacudindo a porra da caixa, dois dedos em pinça apertando o bico.

Ela esfregou na língua os dentes da arcada superior para livrar seu organismo daquela complicada memória sensorial do cabelo de algum desconhecido.

Respondeu ela: "O quê? Eu nunca tomo suco. Você sabe disso. Há quanto tempo a gente está morando junto?".

"Pouco tempo", disse ele.

Pegou um copo, serviu o suco e ficou vendo a espuma se formar. Depois se virou e sentou-se um pouco dolorosamente em sua cadeira.

"Ainda não deu pra guardar os detalhes", disse ele.

"Eu sempre fico achando que isso não pode acontecer aqui. Qualquer lugar, menos aqui."

Perguntou ele: "O quê?".

"Um fio de cabelo na minha boca. Que não é nosso."

Ele passou manteiga na torrada.

"Você acha que isso só acontece em cidade grande com uma população misturada?"

"Qualquer lugar, menos aqui." Ela segurava o cabelo entre o polegar e o indicador, encarando-o com uma aversão fingida, ou uma aversão verdadeira expandida até os limites da arte, boca entortada de paralítico. "É o que eu acho."

"Vai ver ele está aí desde que você era menina." Ele retomou o jornal. "Você tinha cachorro?"

"Ei. Que bicho te mordeu hoje?", perguntou ela.

O jornal era dela. O telefone era dele, menos quando ela ligava para o serviço meteorológico. O computador, os dois usavam, mas espiritualmente era dela.

Ela olhava para o fio de cabelo, parada diante da bancada. Então deu-lhe um peteleco, jogando-o no chão. Virou-se para a pia e abriu a água quente e enxaguou a mão e depois levou a tigela de cereal para a mesa. Os pássaros se dispersaram quando ela passou perto da janela.

"Já vi você bebendo litros de suco, um monte, como é que eu posso explicar?", disse ele.

Ela ainda estava com a boca torta por ter tido contato com a vida desconhecida de algum empregado da indústria de alimentos, ou com alguma realidade muito mais estranha e sinuosa, a passagem íntima do fio de cabelo de pessoa a pessoa e sabe-se lá como de boca a boca, atravessando os anos e cidades e doenças e alimentos anti-higiênicos e muitos fluidos orgânicos nocivos.

"O quê? Acho que não", disse ela.

O.k., ela pôs a tigela na mesa. Foi até o fogão, pegou a chaleira e encheu-a na pia. Ele mudou a estação do rádio e disse alguma coisa que ela não ouviu direito. Ela levou a chaleira de volta para o fogão porque é assim que você vive sua vida, mesmo que não perceba, e depois esfregou os dentes na língua de novo, para tirar a teima, vendo a chama azul saltar da boca.

Teve de se afastar da bancada meio que feito uma perna de compasso para ele poder pegar a faca da manteiga na gaveta.

Ela foi em direção à mesa e outra vez os pássaros se espantaram no comedouro. Sumiram da área de sombra sob os beirais e surgiram no sol em silêncio e foi uma coisa que ela só viu em parte, uma coisa esquiva e silenciosamente bela, os pássaros tão ensolarados que foram consumidos pela luz, desencarnados, transformados numa coisa translúcida e célere e multifúlgida.

Ela sentou-se e começou a escolher seções do jornal e se deu conta de que estava sem colher. Estava sem colher. Olhou para ele e viu que havia um band-aid no lado do queixo dele.

Ela estava usando a chaleira velha e amassada, e não a nova que tinha acabado de comprar, porque... ela não sabia por quê. Era uma casa velha de madeira cheia de cômodos e lareiras que funcionavam e animais nas paredes e mofo por toda parte, uma casa que haviam alugado sem ver antes, relíquia dos tempos áureos da indústria madeireira e da construção naval, grande demais, com tábuas corridas que rangiam e uma série de utensílios tortos do tempo de sabe-se lá o quê.

Ela fingiu que quase caiu da cadeira, um gesto de autochacota, e foi à bancada pegar uma colher. Pegou também os grânulos de soja e trouxe para a mesa. A soja tinha um cheiro que parecia não combinar com a substância arenosa contida na caixa. Era um cheiro fraco que parecia de trigo misturado com chulé. Toda vez que ela usava a soja, cheirava-a. Cheirava duas ou três vezes.

"Você se cortou de novo."

"O quê?" Ele levou a mão ao queixo, a cabeça baixa mergulhada no jornal. "Cortezinho de nada."

Ela começou a ler uma matéria na parte do jornal que estava em sua mão. Era um jornal velho, de domingo, comprado na cidade, porque ali não havia entrega de jornal.

"Você vive se, não sei... quem sabe é melhor você não fazer a barba tão cedo. Primeiro acordar bem acordado. Pra que fazer barba? Deixa o bigode crescer de novo. A barba também."

"Pra que fazer barba? Deve ter um motivo", disse ele. "Quero que Deus veja minha cara."

Ele levantou a vista do jornal e riu aquele riso vazio que a incomodava. Ela comeu um pouco de cereal e olhou para outra matéria. Nos últimos tempos ela estava com mania de se inserir, inserir-se em algumas notícias que lia no jornal. Devaneava tecendo variações em torno da notícia. Fazia isso e aí se dava conta do que estava fazendo e aí às vezes fazia isso de novo minutos depois com a mesma notícia ou com outra e aí percebia de novo.

Estendeu a mão em direção à caixa de soja sem tirar a vista do jornal e pôs mais um pouco na tigela e no rádio tocava trânsito e falação.

Pelo visto ela ia ter de gastar a chaleira velha, usar e usar até encher de bolhas de ferrugem, e só então é que ia poder passar a usar a nova.

"Você faz questão do rádio?"

"Não", disse ela lendo o jornal. "O quê?"

"É uma merda indescritível."

Com uma ênfase no erre de merda, dignificando a palavra.

"Não fui eu que liguei o rádio. Foi você", disse ela.

Ele foi até a geladeira e voltou com um figo grande e escuro e desligou o rádio.

"Dá um pedaço pra mim", disse ela, lendo o jornal.

"Eu não estava acusando. Quem que ligou, quem que desligou. Alguém está meio irritado hoje. Eu é que, como é que se diz, devia estar na defensiva. E não a mocinha, que come e dorme e vai viver pra sempre."

"O quê? Ah, Rey, cala a boca."

Ele arrancou o cabinho com os dentes e cuspiu-o em direção à pia. Então abriu o figo com as unhas dos polegares e tirou a colher da mão dela e lambeu-a para limpá-la e com ela tirou uma colherada de carne cor de vinho da casca rasgada do figo. Pôs a colherada na torrada — carne, polpa, massa — e espalhou-a com o dorso da colher, espirais vermelhas como o sangue, cremosas, cheias de sementes vivas.

"Eu é que devia ficar mal-humorado de manhã. Eu é que devia gemer. O terror de mais um dia como os outros", disse ele, manhoso. "Você ainda não sabe o que é isso."

"Corta essa", disse ela.

Ela inclinou-se para a frente, ele estendeu-lhe a torrada. Havia corvos nas árvores perto da casa, uma gritaria áspera. Ela deu uma mordida e fechou os olhos para poder pensar no sabor.

Ele devolveu a colher. Então ligou o rádio e lembrou que ele próprio havia acabado de desligar e desligou de novo.

Ela pôs mais soja na tigela. O cheiro da soja era mesmo algo de intermediário entre as extremidades inferiores do corpo e a vida autêntica e subterrânea das vagens profundas, carregadas de sementes. Mas não, não era bem isso. Ela leu uma notícia no jornal sobre uma criança abandonada lá onde o diabo. Impossível descrever o cheiro. Era cheiro puro. Cheiro em si, desvinculado de todas as fontes. Era como se, e ela quase disse alguma coisa nesse sentido porque talvez ele achasse graça, só que não disse nada — era como se algum erudito, tipo assim, medieval tentasse classificar todos os cheiros conhecidos e encontrasse um que não se encaixava no sistema e por isso pôs nele o nome de soja, que podia perfeitamente ser um pedaço de um termo latino complicado, mas não, não podia mesmo, e ela ficou pensando em outra coisa, não sabia exatamente o quê, com a colher a dois centímetros da boca.

Ele perguntou: "O quê?".

"Eu não disse nada."

Ela levantou-se para pegar alguma coisa. Olhou para a chaleira e se deu conta de que não era isso. Sabia que ia lembrar-se porque sempre se lembrava e aí se lembrou. Queria mel para pôr no chá, embora a água ainda não estivesse fervendo. Ela sempre se preparava antes do tempo, uma coisa excessiva, ou desmedida, ou desmesurada, e Rey vivia dizendo, ou então disse uma vez, e tinha uma vozinha dentro da cabeça dela que era dela e era um diálogo ou um monólogo e ela foi até o armário e pegou o mel e os saquinhos de chá — uma voz que saía de uma matéria no jornal.

"Você não ia me dizer uma coisa?"

Ele perguntou: "O quê?".

Ela pôs a mão no ombro dele e passou para o outro lado da mesa, o lado dela. Os pássaros se dispersaram do comedouro com um farfalhar de asas cheio de efes e erres, o efe seguido por uma série de erres em vibrato. Mas não, não era assim. Não era nada disso.

"Você disse uma coisa. Sei lá. A casa."

"Não tem nada a ver. Esquece."

"Eu não quero esquecer."

"Não tem nada a ver. Deixa que eu explique melhor. É uma bobagem."

"Diz assim mesmo."

"Está muito cedo. É muito esforço. É uma bobagem."

"Já que você está falando, aproveita e diz logo", disse ela.

Comeu uma colherada de cereal e leu o jornal.

"É muito esforço. É que nem, sabe. É que nem empurrar uma pedra grande."

"Já que você está falando."

"Toma", disse ele.

"Você falou na casa. Se é a casa, não é bobagem. Eu gosto da casa."

"Você gosta de tudo. Você tem amor a tudo. Você é meu lar feliz. Toma", disse ele.

Entregou a ela o que restava da torrada e ela a mastigou junto com o cereal e os mirtilos. De repente entendeu o que ele queria lhe dizer. Ela ouvia os corvos, agora em grande número, barulhentos nas árvores, provavelmente atacando um gavião.

"Diz assim mesmo. Custa nada", disse ela, com a certeza absoluta de que sabia o que era.

Ela o viu levar a mão ao bolso da camisa e depois parar e abaixá-la de novo até chegar à xícara. Eram dele o café, a xícara, o cigarro. Um incidente relatado no jornal parecia emanar das linhas impressas e envolvê-la. Você separa as seções de domingo.

"Diz, tá bom? Porque eu já sei mesmo o que é."

Disse ele: "O quê? Você insiste em arrancar essa história de mim. Ainda bem que normalmente a gente não toma café junto. Porque eu de manhã...".

"Eu já sei o que é mesmo. Então diz logo."

Ele estava olhando para o jornal.

"Você já sabe. Ótimo. Então eu não preciso falar."

Ele estava lendo, preparando-se para pegar os cigarros.

Ela disse: "O barulho".

Ele olhou para ela. Olhou. Então deu-lhe aquele sorriso largo, o dente de ouro no rosto largo azeitonado. Fazia algum tempo que ela não via isso, o sorriso amplificado, Rey emergindo, os olhos límpidos e luminosos, rugas profundas riscadas em torno da boca.

"Os barulhos na parede. Isso. Você leu meus pensamentos."

"Foi só um barulho. Só um", disse ela. "E não foi na parede."

"Só um. Tudo bem. Eu não tenho ouvido de uns tempos pra cá. Era o que eu queria dizer. Parou. Terminou. Fim de papo."

"É. Só que ontem eu ouvi, tenho a impressão."

"Então não parou. Bom. Sorte sua."

"Casa velha. Sempre tem barulho. Mas esse é diferente. Não é como aqueles barulhos chatos de bicho correndo que a gente ouve de noite. Ou a madeira da casa estalando. Sei lá", disse ela, não querendo demonstrar que estava preocupada. "Como se tivesse alguma coisa."

Ela lia o jornal, a voz morrendo aos poucos.

"Bom. Sorte sua", disse ele. "Você está precisando de companhia."

Você separa as seções de domingo e há uma infinidade de linhas impressas mais ou menos idênticas com gente que vive em algum lugar nas palavras e a estranha realidade compacta de papel e tinta penetra toda a casa por uma semana e quando você olha para uma página e distingue uma linha da outra ela começa a atrair você para dentro dela e tem gente sendo torturada do outro lado do mundo, que fala uma língua diferente, e você tem conversas com elas de modo mais ou menos incontrolável até que você se dá conta do que está fazendo e aí pára e vê o que está à sua frente naquele momento, como por exemplo meio copo de suco na mão do seu marido.

Ela pôs na boca uma colherada de cereal e não lembrou de prestar atenção no gosto. Perdeu o gosto em algum momento entre a hora em que pôs a comida na boca e o momento arrependido em que a engoliu.

Ele largou o copo de suco. Pegou o maço no bolso da camisa e acendeu um cigarro, o cigarro que fumava junto com o café desde os doze anos de idade, como ele contou a ela, e deixou o fósforo queimar um pouco e depois o sacudiu num gesto pensativo em câmara lenta e o pôs na beira do prato. Ela achava agradável o cheiro de fumo. Fazia parte de seu conhecimento do corpo dele. Era a aura do homem, um resíduo de fumaça e vício persistente, uma dimensão na noite, que ela lambia nos pêlos crespos e grisalhos do peito dele e sentia na boca dele. Era o que ele era no escuro, cigarros e sono resmungado e mil e uma outras coisas, dizíveis ou não.

Mas não era dele o cabelo que ela encontrou na boca. Os empregados têm de lavar as mãos antes de sair do banheiro. A torrada era dele, mas ela havia comido quase metade. Eram dele o café e a xícara. Se pegar na xícara dele, ele olha para você de esguelha, com o olhar ríspido e formal de um olho só de um lutador de boxe tocando luvas com o outro.

Mas ela sabia que estava inventando isso, porque ele não estava nem aí se pegavam na xícara dele ou não. Xícara não faltava na casa para ele usar. O telefone era dele. Os pássaros eram dela, os pardais bicando as sementes de girassol. O cabelo não era dele nem dela.

Ele disse alguma coisa a respeito do carro dele, o consumo de gasolina, gesticulando. Ele gostava de reger, de guiar um comentário prolongado com a mão, dois dedos esticados.

"Ontem eu passei o dia todo achando que era sexta."

Disse ele: "O quê?".

Ou então você se transforma em outra pessoa, uma das pessoas da notícia, num diálogo que você mesma inventa. Às vezes você vira homem, vivendo entre as linhas, fazendo outra versão da notícia.

Ela pensava e lia. Apalpando, pegou a caixa de soja e a mão esbarrou na caixa de suco. Levantou a vista e se deu conta de que ele não estava lendo o jornal. Estava olhando mas não lendo, e ela compreendeu o fato em retrospecto, que ele estava esse tempo todo olhando para o jornal sem assimilar as palavras.

A caixa de suco continuava em pé. Ela pôs mais um pouco de soja na tigela, porque a textura era granulosa e porque prolongava a vida.

"Ontem eu passei o dia todo achando que era sexta."

Disse ele: "E era?".

Ela lembrou-se de sorrir.

Disse ele: "Mas que diferença faz?".

Ela havia posto a mão no ombro dele e aí quase foi subindo a mão pela nuca até chegar ao cabelo, numa carícia, só que não fez nada disso.

"Estou só dizendo. Como é que pode quinta-feira parecer sexta? A gente saiu da cidade. A gente saiu do calendário. Aqui sexta-feira não devia ter identidade. Alguém quer mais café?"

Ela foi pegar a água para o chá e parou diante do fogão, esperando que ele dissesse sim ou não em relação ao café. Quando ia voltar para a mesa viu um gaio azul pousado no alto do comedouro. Ficou petrificada e prendeu a respiração. Era um gaio grande, lustroso, parecia orgulhosamente distante dos outros pássaros que comiam sem parar e ela quase acreditou que nunca tinha visto um gaio antes. Era enorme e olhava para ela, vendo lá o que estivesse vendo, e ela queria avisar Rey.

Ela olhava para o gaio, listras negras nas asas e na cauda, e pensou que era só agora que havia aprendido a olhar. Nunca tinha visto uma coisa com tanta nitidez, e não era só porque o gaio estava onde estava, perto o bastante para que ela pudesse reparar nos detalhes da crista e da cor. Era também o impacto total de seu aparecimento em meio aos pássaros menores e pardacentos, o azul-mineral e o azul-atenuado e a faixa escura larga no pescoço. Mas se Rey levantasse a vista o gaio iria embora.

Ela tentou ir além dos detalhes e chegar à ave em si, ladrão de ninhos e mímico consumado, ao interesse fixo que havia naqueles olhos, uma espécie de curiosidade gélida que era um pouco um desafio.

Quando um pássaro olha para dentro de uma casa, que mundos impossíveis ele vê. Pense só. A negação de todas as superfícies e todos os processos cognoscíveis. Ela queria acreditar que o gaio a via, via uma mulher com uma xícara de chá na mão, e ignorava a transformação de dia em noite, a aparição de um espaço isolado do tempo. Ela olhava e respirou com cuidado. Estava atenta à nitidez do momento, mas sabia que ele já estava chegando ao fim. Sentia isso no gaio azul. Ou talvez não. Era ela que estava fazendo a coisa acontecer porque não agüentava mais olhar. Ver deve ser assim para quem foi quase cego a vida toda. Ela disse alguma coisa a Rey, que levantou a cabeça ligeiramente, espantando o gaio mas não perturbando os pardais.

"Você viu?"

Ele meio que se virou para responder.

"A gente não os vê o tempo todo?"

"O tempo todo, não. E nunca tão perto."

"Nunca tão perto. Está bem."

"Ele estava olhando pra mim."

"Ele estava olhando pra você."

Ela estava parada no mesmo lugar, perto do ombro esquerdo dele. Quando se mexeu para voltar à cadeira, os pardais foram embora.

"Ele estava me observando."

"Você ganhou o dia?"

"Ganhei o dia. A semana. E por aí vai."

Ela tomava chá e lia. Quase tudo que lia desencadeava um devaneio.

Ligou o rádio e foi mudando de estação devagar, lendo o jornal, tentando encontrar a previsão do tempo.

Ele terminou o café, fumando.

Ela continuava imóvel diante da tigela de cereal. Seu olhar se projetava além do cereal, para um espaço dentro da própria cabeça, que também estava ali à sua frente.

Ela dobrou uma seção do jornal e leu uma ou duas linhas e leu mais um pouco ou não leu, bebericando chá e viajando.

O noticiário do rádio falou de um míssil que havia explodido misteriosamente, debaixo da terra, em Montana, e ela não pegou se estava carregado ou não.

Ele fumava e olhava para a janela a sua direita, onde havia um campo abandonado que se estendia até a estrada de terra esburacada que levava a uma estrada de cascalho.

Ela lia e viajava. Estava aqui e lá.

O chá estava sem mel. Ela havia largado o pote de mel fechado junto ao fogão.

Ele olhou para os lados procurando um cinzeiro.

Ela conversava com um médico numa notícia.

Eram três quilômetros de cascalho até chegar à estrada asfaltada que dava na cidade.

Ela pegou o figo no prato dele e enfiou o dedo dentro à cata de carne.

Uma voz falava sobre o tempo mas ela não prestou atenção. Só percebeu que era a previsão do tempo depois que terminou.

Ele foi virando a cabeça bem para trás e ficou a girá-la lentamente de um lado para o outro, para diminuir a tensão no pescoço.

Ela chupou o dedo do figo e pensou nas coisas que estavam precisando comprar.

Ele desligou o rádio.

Ela tomava chá e lia. Mais ou menos se imaginava conversando com um médico numa selva em algum lugar, gente passando fome largada no chão.

O cigarro se consumia na mão dele.

Ela pegou a caixa de soja e levou-a até perto do rosto e cheirou dentro dela.

Quando ele saiu da cozinha ela se deu conta de que queria dizer-lhe uma coisa.

Às vezes ela só se lembra do que quer dizer-lhe depois que ele sai do cômodo em que os dois estão. Aí ela se lembra. Então ela o chama ou então não chama, e ele responde ou não.

Ela continuou sentada e terminou o chá pensando no que estava pensando, restos de lembranças e imagens súbitas e uma amiga de quem tinha saudade e todas as coisas mosqueadas de sombra no momento indivisível de uma manhã normal enlouquecendo de maneiras tão humanamente rotineiras que nem dá para parar e observar, só o Ajax que está precisando comprar e os pássaros atrás dela, balançando a estrutura de metal do comedouro.

É uma tremenda bobagem fazer isso, ler o jornal e comer.

Ela o viu parado à porta.

"Você viu minhas chaves?"

Perguntou ela: "O quê?".

Ele esperou que a pergunta fosse assimilada.

"Que chaves?", perguntou ela.

Ele olhou para ela.

Disse ela: "Ontem comprei um ungüento. Era o que eu queria te dizer. É pra fazer massagem nos músculos. Um tubo verde e branco na prateleira do banheiro grande lá de cima. Não contém gordura. É pros músculos. Passa, meu amor. Ou então me pede direitinho que eu passo em você".

"Todas as minhas chaves ficam no mesmo chaveiro", disse ele.

Ela quase disse: "Não é uma boa idéia". Mas não disse. Porque seria tão desnecessário. Porque seria tão mesquinho dizer uma coisa dessas, de manhã ou em qualquer outra hora, num dia de luz forte depois de uma tempestade.

MORRE O CINEASTA REY ROBLES, 64 ANOS, POETA DOS LUGARES SOLITÁRIOS

Rey Robles, que dirigiu dois filmes mundialmente famosos no final dos anos 70, foi encontrado morto na manhã de domingo em Manhattan, no apartamento de sua primeira esposa, a consultora de moda Isabel Corrales.

A causa da morte foi um tiro disparado pelo próprio cineasta, segundo os policiais que foram chamados ao local.

Os relatos feitos por Robles a respeito de sua infância e juventude continham incongruências, mas segundo as versões independentes mais dignas de crédito ele teria sessenta e quatro anos de idade ao morrer.

Alejandro Alquezar (seu nome verdadeiro) nasceu em Barcelona. Um texto biográfico publicado na revista *Cahiers du Cinéma* afirma que seu pai, que trabalhava como operário numa fábrica de tecidos e era ativista antifascista, foi morto na mesma cidade durante os conflitos de rua mais intensos da guerra civil. O artigo afirma haver provas de que Alejandro, ainda bem pequeno, foi uma das crianças espanholas que foram enviadas à União Soviética pelas famílias quando a ditadura de direita se tornou uma realidade inevitável.

Não se sabe com precisão quantos anos ele passou na URSS nem se voltou a encontrar-se com sua mãe. Sabe-se apenas que morou em Paris quando jovem, trabalhando como lixeiro, apresentando-se como malabarista de rua e atuando como extra em vários filmes, sempre fazendo papéis de ladrão ou cafetão. Foi nessa época que passou a se chamar Rey Robles, nome de um personagem secundário por ele interpretado num obscuro *film noir*.

Passou alguns anos em Nova York fazendo esporadicamente legendas para filmes em espanhol e russo e em seguida foi para a Califórnia, onde trabalhou como chofer uniformizado em Los Angeles e continuou atuando à margem da indústria cinematográfica, fazendo pontas em meia dúzia de filmes. Seu primeiro trabalho como diretor deu-se depois que ele se tornou chofer de um fabricante de cimento, um multimilionário nascido em Liechtenstein que fazia grandes investimentos em projetos cinematográficos internacionais. O próprio Robles afirmava que teria tido um caso com a esposa do patrão, convencendo-a a arranjar-lhe o emprego de diretor de segunda unidade num *western* italiano que seria rodado na Espanha.

Dez anos depois, no Festival de Cannes, Robles afirmou para uma platéia deliciada: "A solução dos problemas da vida está no cinema".

Ao todo, dirigiu oito longas-metragens. O terceiro deles, *Minha vida pela sua*, uma produção franco-italiana sobre uma mulher rica que é seqüestrada por bandidos corsos, ganhou a Palma de Ouro em Cannes. O filme seguinte, *Polaris*, uma tensa história de crime americana com toques de surrealismo espanhol, tornou-se um sucesso *cult* e foi exibido durante muito tempo em diversos cinemas de arte nos Estados Unidos e no estrangeiro.

"Em seus melhores momentos, a obra de Robles amplia a linguagem do cinema", escreveu o crítico Philip Stansky. "Ele tematiza pessoas em paisagens de estranhamento. Robles encontrou uma linguagem de tensão espiritual na poesia dos lugares solitários, onde situações extremas se tornam inevitáveis e os personagens são obrigados a viver momentos decisivos."

Seus filmes subseqüentes foram fracassos comerciais e, de modo geral, não agradaram à crítica. Os amigos de Robles atribuem seu declínio ao alcoolismo e a crises intermitentes de depressão. Nessa época ele casou-se com a atriz de teatro Anna Langdon. O casal separou-se pouco depois, em meio a manchetes escandalosas nos tablóides ingleses, e o casamento terminou em divórcio.

Robles deixou viúva sua terceira esposa, Lauren Hartke, praticante da *body art*.

2.

É um dia branco de névoa e a estrada sobe em direção a um céu exangue. Há quatro pistas no sentido norte e você está na terceira e há carros à frente e atrás e dos dois lados, se bem que não muitos e não muito perto. Quando você chega ao alto da lombada alguma coisa acontece e os carros começam a deslocar-se sem pressa, como se impelidos por si próprios, deslizando na superfície plana. Tudo é lento e enevoado e exangue e tudo acontece em torno da palavra *parece*. Todos os carros, inclusive o seu, parecem fluir num movimento dissociado, dando a impressão de, ou apresentando a aparência de, e a estrada segue num zumbido branco.

Então o encantamento se desfaz. Tudo volta a ser barulho e velocidade e vultos indistintos, e você retoma sua vida, sentindo o peso doloroso no peito.

Ela encarava esses dias como os primeiros dias da volta.

Nos primeiros dias da volta ela reabasteceu a despensa e borrifou substâncias químicas nos azulejos do banheiro. Havia uma despensa grande, um cômodo escuro e bolorento que dava para a cozinha, e a despensa não precisava ser reabastecida. Ela limpou e encheu o comedouro dos pássaros, estruturando o dia em torno de uma coisa importante com todas as suas convoluções e meandros, toda a sua pluralidade fervilhante de variações. Borrifou nos azulejos e nas louças um líquido que cheirava a pinho, sentindo-se meio viciada naqueles eflúvios. O contrato de aluguel ainda valia por dois meses. Haviam alugado a casa por seis e faltavam dois. Uma pessoa, dois meses. Ela empunhava um vidro acoplado a um aplicador em forma de pistola.

Sentia-se em casa ali e atravessava na disparada os dias, com suas pequenas rotinas fascinantes, dias iguais, ritmados e organizados mas ao mesmo tempo com algo de bambo, descentrado, às vezes com trechos em branco, dias tão lerdos que doíam.

Ela olhou para as páginas em que antes estava trabalhando com Rey, aquela autobiografia fajuta dele. A cópia impressa estava ali, contrastando com sua lembrança das reminiscências orais de Rey, a tapeçaria de mentiras e invencionices, histórias produzidas com base em desesperos que ela nem sempre entendia bem. Ela apalpou as roupas que ele havia largado no armário do quarto. Não ficava arrasada ao ver as coisas que as pessoas deixavam depois que morriam e pôs as roupas numa caixa para dar aos pobres.

Quando estava no andar de baixo sentia a presença dele no andar de cima. Ele costumava andar de um cômodo para o outro ditando para um gravador pequeno, o rosto envolto em fumaça, ditando idéias para um roteiro surrado para ser lidas por algum escritor sabia-se lá onde cujo nome ele jamais conseguia lembrar. Agora ele é que era fumaça, Rey, a coisa no ar, vaporosa, imiscuindo-se em todos os espaços mais cedo ou mais tarde, informe, mas com um rosto que de algum modo ainda fazia parte da presença específica daquele homem a andar de um cômodo para o outro.

Ela subiu a escada ouvindo o som produzido por uma pessoa que sobe uma escada e, quando chegou ao patamar, sentiu com a mão a textura do carvalho do balaústre em espiral.

Tudo bem. Ela queria estar ali e estava bem. Todo o casamento deles, todo o tempo que viveram juntos, viveram exatamente ali.

O corpo dela parecia diferente de um modo que ela não entendia. Tenso, cercado, ela não sabia direito. Um pouco estranho, desconhecido. Diferente, mais magro, não importava.

Havia um pacote de farinha de rosca numa das prateleiras da despensa. Ela sabia que tinha visto em algum lugar uma caixa azul e alguma outra cor, de papel encerado. Essas eram as coisas importantes agora. Refeições, tarefas, compras.

Ela percorreu os cômodos com passos lentos. Sentiu a presença dele às suas costas quando se despia, descalça no chão frio, jogando para o lado uma suéter suada, e meio que se virou para a cama.

Nos primeiros dias da volta, uma vez ela saltou do carro e quase desabou — não uma pane geral de todas as suas funções, e sim um pequeno desabamento, afundando impotente em direção ao chão, como quem desaprendeu a ficar em pé.

Pensou em preparar um bife, consciente de sua solidão, mais ou menos vendo a si própria da margem do cômodo ou no lugar exato em que estava sendo quem era e vendo uma outra ela pequenina pairando no ar em algum lugar, já pensando que é amanhã.

Queria desaparecer na fumaça de Rey, estar morta, ser ele, e cortou um pedaço de papel encerado na serra que vinha na caixa e pegou o pacote de farinha de rosca.

Quando o telefone tocou, não ficou olhando para ele como fazem as pessoas nos filmes. Na vida real as pessoas não ficam olhando para o telefone quando ele toca.

O papel encerado se destacava do rolo fazendo tá-tá-tá, avançando ao longo da beira da caixa, e ela ouvia aquele som na extensão de sua coluna, pensou.

Estava sempre pensando no dia de amanhã. Planejava os dias com antecedência. Estava sentada na saleta com lambris. Estava em pé dentro da banheira esguichando desinfetante no alto das paredes, até que o cheiro depravado de pinho e ácido e éter começou a dominá-la. Foi difícil soltar o gatilho.

Queimou a mão na frigideira e foi direto à geladeira e não tinha gelo na porra da. Ela não tinha enchido a porra da coisa de fazer gelo.

Na vida real, as pessoas atendem o telefone ou não atendem. Ela ficou ouvindo o telefone tocar. Soava por toda a casa, cada aparelho tocava separadamente.

De repente lhe pareceu muito estranha a idéia de que grandes companhias produziam em massa farinha de rosca e a embalavam e vendiam em todos os lugares do mundo, e ela olhou de verdade para o pacote de farinha de rosca pela primeira vez na vida, vendo-o de verdade e compreendendo o que havia dentro dele: pão moído.

Estava sentada na saleta dos lambris tentando ler. Primeiro ia acender a lareira. Aquela saleta fora feita para tomar conhaque na frente da lareira, uma saleta inadequada, com móveis impróprios, e ela tomava chá e tentava ler um livro. Mas terminava a página e ficava olhando com indiferença para os objetos fixos no espaço.

Nos primeiros dias da volta ela comeu um marisco infernal e passou as horas que se seguiram indo e voltando do banheiro. Mas pelo menos conseguiu recuperar seu corpo. Nada como uma boa caganeira, pensou, para afirmar a unidade entre mente e corpo.

Subiu a escada, ouvindo sua própria presença em outras partes da casa, de algum modo.

Jogou para o lado a suéter suada. Tirou o braço da suéter e a mão bateu de leve em alguma coisa acima dela, ela não sabia o que era, embora isso já tivesse acontecido antes, e então lembrou-se da luminária, com um quebra-luz de metal meio solto, a luminária que não tinha nada a ver com aquele quarto, e virou-se para a cama e olhou, meio que olhou, um olhar não de expectativa mas de alguma outra coisa — um significado tão tênue que ela não conseguiu captá-lo.

Havia coisas demais para compreender, e por fim havia uma só.

Na cidade viu uma mulher de cabelo branco, uma japonesa, sozinha num caminho de pedra à frente de sua casa. Tinha uma mangueira na mão e parecia desprovida de peso sob aquele céu ameaçador, tão bidimensional e imóvel que parecia papel de embrulho para presente, e estava regando um canteiro de flox escarlates, um chuvisco fino em arco a desprender-se da mangueira.

As coisas que ela via pareciam duvidosas — não duvidosas mas em constante mutação, em plena metamorfose, uma coisa que ao mesmo tempo é outra, mas o quê, o quê.

Ela começou a atender o telefone. Usou de início uma voz suave, que não era exatamente a dela, uma voz alheia, hesitante e distorcida, para dizer alô, quem é, sei. Já sabiam que ela estava ali e os telefonemas eram de Nova York, onde ela morava, e de amigos e colegas de outras cidades. Ligavam das cidades para dizer que não entendiam por que ela havia voltado para lá. Era o pior lugar para ela, sozinha numa casa grande num litoral vazio, e ela andava de um cômodo ao outro e subia a escada e planejava os dias com antecedência porque havia mais coisas a fazer em menos tempo à medida que a luz se tornava ameaçada. Você olhava e estava escuro, sempre inesperado.

Ela acordava cedo todos os dias, e essa era a pior hora, o primeiro instante assassino em que, deitada na cama, se lembrava de alguma coisa e compreendia na mesma respiração o que era.

Telefonavam cinco ou seis vezes por dia e depois um pouco menos e ela pensava na japonesa, uma coisa bela e problemática, se é que ela é mesmo japonesa, regando o jardim quando o céu indica chuva.

Tomou a barca frágil e foi até Little Moon, onde nada havia a fazer senão andar por um caminho enlameado até a outra ponta da ilha, passando por casas castigadas pelo vento e uma igreja que perdera o campanário, uma caminhada de quarenta minutos que levava a um centro de artesanato abandonado, colchas e entalhes talvez, cerâmica certamente, e depois era caminhar de volta com passos rápidos. A barca obedecia a um horário, e isso já era razão suficiente para ela fazer a viagem de vez em quando.

Seu plano era organizar o tempo até que ela conseguisse viver de novo.

•

Depois dos primeiros dias da volta recomeçou os exercícios de respiração. Tinha de retomar seu trabalho de corpo, os alongamentos e contorções metódicas. Começava com a coluna e daí ia trabalhando para fora, deslocando-se pelo chão de quatro, sentindo a aorta recuar a cada golfada de sangue. Plantava bananeira, girava a cabeça. Punha a língua para fora e arfava numa seqüência rigidamente cronometrada, cronometrada internamente, uma precisão que ela sentia nos ossos separados pelos discos que lhe desciam coluna abaixo, tá-tá-tá.

Mas o mundo estava perdido dentro dela.

À noite o céu ficava muito próximo, esparramado numa nuvem de estrelas e cataclismos de raios gama, mas ela não o via como antes, como uma extensão da alma, deslumbramento mudo e gutural, uma coisa que existia fora da linguagem na parte mais antiga dela própria.

Parou de ouvir os boletins meteorológicos. Aceitava o tempo que houvesse, dias de chuva fria e vento e os grandes pedregulhos corcundas nos campos inclinados, como emblemas clânicos, pulsando com a luz dos relâmpagos, a história, o tempo. Ela rachava lenha. Passava horas diante da tela do computador contemplando a imagem que vinha de uma câmara de vídeo instalada numa estrada de duas pistas numa cidade da Finlândia. Era alta madrugada em Kotka, na Finlândia, e ela olhava para a tela. O que lhe parecia interessante era aquilo estar acontecendo agora, no momento em que ela estava sentada ali, e acontecer vinte e quatro horas por dia, sem rostos, carros que entravam e saíam de Kotka, ou apenas a estrada vazia nas horas mortas. As horas mortas eram as melhores.

Ela olhava para a tela. Aquilo a absorvia, era tão real que resistia à circunstância de não haver nada acontecendo. Que extraía força dessa circunstância. Eram três horas da manhã em Kotka e ela esperava que viesse um carro — não que ficasse pensando em quem estaria dentro dele. Era apenas o fato de Kotka. Era a idéia de organização, um lugar contido numa moldura imutável, tal como é e enquanto você olha, e a hora local sendo mostrada num relógio digital no canto da tela. Kotka era outro mundo, mas ela podia vê-lo em toda sua realidade, suas horas, minutos e segundos.

Imaginou que alguém seria capaz de masturbar-se vendo isso, um carro aparecendo na estrada de Kotka no meio da noite. Isso lhe deu vontade de rir. Ela rachava lenha. Todos os dias reservava uma hora para a *webcam* de Kotka. Não sabia o sentido dessas sessões, mas tomava-as como um ato de poesia flutuante. Era melhor nas horas mortas. Aquilo lhe esvaziava a mente e fazia-a sentir o silêncio profundo de outros lugares, o mistério de enxergar do outro lado do mundo um lugar despido de tudo que não fosse uma estrada que se aproxima e se afasta, as duas realidades ocorrendo ao mesmo tempo, e os números mudavam no relógio digital com uma pressa estranha e oca, os segundos avançando em direção ao minuto, os minutos se acumulando em direção à hora, e ela olhando, esperando que um carro ganhasse forma efêmera na estrada.

Mariella telefonou, uma amiga dela, uma escritora de Nova York.

"Você está bem?"

"O que é que você espera que eu diga?"

"Não sei. Mas você se sente solitária?"

"Devia haver outra palavra. Solitário todo mundo é. Isso é diferente."

"Mas você não acha. Sei lá. Que seria mais fácil."

"Este é o tipo de conversa que você tinha que ter com outra pessoa. Eu não sei levar este tipo de conversa."

"Se você não se isolasse. Você precisa ficar cercada de gente e coisas conhecidas. Sozinha não é legal. Eu sei o que você sentia por ele. E como deve ser arrasador. Meu Deus. Mas não é bom você se virar pra dentro. Eu sei que você é decidida. Apesar desse seu jeito assim toda songamonga você é durona. Mas você tem que tentar sair dessa, e não mergulhar fundo. Não se volte pra dentro."

"Diz pra mim o que você está fazendo."

"Enchendo a pança. Olhando pela janela", disse Mariella. "Conversando com você."

"Você está comendo o quê?"

"Fatias de cenoura."

"Isso não é encher a pança."

"Isso é passar fome. Eu sei. Estão mostrando os primeiros filmes dele lá no Film Forum. Você não teve tempo de conhecê-lo direito. De repente era uma."

De manhã ela ouviu o barulho. Tinha a mesma nitidez que ela percebera da primeira vez, uns três meses antes, quando ela e Rey subiram a escada para ver o que era. Ele disse que era um esquilo ou um racum preso em alguma armadilha. Ela achava que eram passos calculadamente silenciosos. Havia no som algo de medido. Ela não achava que fosse barulho de bicho. O efeito era quase íntimo, como se houvesse alguém ali respirando o mesmo ar que a gente e andando igual à gente. O barulho tinha essa qualidade, um corpo descartando espaço, mas quando foram ver não havia ninguém.

Ela estava na cozinha quando ouviu dessa vez. Subiu a escada com o chá na mão. Os cômodos no final do corredor do segundo andar. O terceiro andar escuro, lâmpadas queimadas e a maioria dos móveis retirada. A escadinha que levava até a cúpula. Ela olhou para o silêncio, a cabeça girando, o tronco projetando-se para dentro da estrutura, razoavelmente larga, usada como depósito. O chá já estava frio quando ela pisou no chão da cúpula. Remexeu as roupas velhas guardadas em camadas nas caixas de papelão e olhou para os documentos velhos se esfarelando em pastas de couro. Havia uma coruja empalhada e uma pilha de aquarelas não emolduradas, muito empenadas. Ela viu uma folha rodopiando bem junto à janela. Era uma folha pequena amarelada rodopiando no ar sob um galho de árvore que se estendia acima do telhado. Não havia sinal de nenhuma teia da qual a folha estivesse suspensa, nenhum fragmento de material de ninho de pássaro. Apenas a folha no ar, girando.

Ela encontrou-o no dia seguinte num quarto pequeno que dava para o cômodo grande e vazio no fim do corredor do terceiro andar. Era pequeno, tinha o corpo delicado, e de início ela pensou que fosse um menino, de cabelo alourado, acabando de despertar, ou talvez drogado.

Estava sentado na beira da cama, de roupa de baixo. Já nos primeiros segundos ela o achou inevitável. Recuando no tempo, recuperou as pistas anteriores de que havia alguém na casa e chegou àquele instante, infalível, todas as suas percepções classificadas e confirmadas.

3.

Ela olhou para ele.

"Diz pra mim. Você está aqui há quanto tempo?"

Ele não levantou a cabeça. Havia nele algo de tão estranho que ela ouvia suas próprias palavras pairando no ar, previsíveis e banais. Não sentia medo. Ele era um pouco como uma criança abandonada — perdida e encontrada — e ela, ao que parecia, fora quem o encontrara.

"Você está aqui", disse ela, falando com clareza, fazendo pausas entre as palavras.

Ele olhou-a, parecia mais velho agora, o ato de levantar a cabeça apenas esboçado, uma mera inclinação de queixo e olhos que era minimamente crucial para aquela transformação — mais velho e um pouco úmido, um brilho na testa e nas faces.

Ele disse alguma coisa.

Ela perguntou: "O quê?".

A roupa de baixo dele consistia em uma sunga branca e uma camiseta grande demais para ele, e ela o examinava de alto a baixo, abertamente, cada centímetro.

"Não é capaz", disse ele.

"Mas por que você está aqui? E você está aqui há muito tempo?"

Ele abaixou a cabeça e pareceu ficar pensando sobre essas coisas, como se analisasse os detalhes de um problema complicado.

Estavam fora de casa, quase na parte mais alta do campo, vendo um barco de pescar lagostas atravessando as ondas. Ela lhe dera de comer, a sobra da sopa, pão, torrada. Tinha de fazer plop duas vezes para que o pão ficasse bem tostado.

"O que você vê?", perguntou ela, indicando com um gesto o barco e as nuvens que avançavam.

"As árvores são alguns deles", disse ele.

"Curvando. Balançando ao vento. São vidoeiros. As brancas. Chamam de vidoeiro-de-papel."

"As brancas."

"As brancas. Mas depois das árvores."

"Depois das árvores."

"Lá longe", disse ela.

Ele ficou olhando por algum tempo.

"Choveu muito."

"Vai chover. Vai vir chuva", disse ela.

Ele estava com um blusão de náilon e uma calça de briga e parecia contrariado ali. Ela tentava não pressioná-lo para arrancar-lhe informações. Achava interessante aquele distanciamento, o que havia de hesitante em sua fala e seus atos, de coisa aprendida sem que ninguém lhe ensinasse, sua aparente tranqüilidade a respeito do que viria a lhe suceder agora. Nem apatia nem indiferença, pensou ela, e sim uma capacidade limitada de levar em conta as implicações das coisas. Ela não sabia direito o que significava para ele ser encontrado numa casa alheia.

O vento ficou mais forte e eles se viraram para o outro lado. Ela achou graça na idéia de que ele viera do ciberespaço, um homem que saíra da tela do computador no meio da noite. Saído de Kotka, Finlândia.

Disse ela: "Não choveu. *Vai* chover".

Ele se movia no espaço com desconforto, dentro de casa ou fora, como se houvesse curvas e torceduras no ar. Ela olhou-o com atenção quando ele entrou em casa, meio que de lado, arrastando um pouco os pés. Talvez temesse levitar. Ela não conseguia ficar sem olhar para ele.

Era sempre como se. Ele fazia isso e aquilo como se. Ela precisava de alguma referência externa para localizá-lo.

Estavam na melancólica saleta dos lambris, com gravuras de navios a vela nas paredes. O telefone estava tocando. Ele olhava para os troncos reduzidos a cinzas na lareira, o fogo da véspera, e ela olhava para ele. Os livros das prateleiras mais baixas eram na maioria leitura de verão, do tipo que se encontra em casas alugadas, livros adequados a esse papel, sobrecapas com ilustrações desbotadas que representavam outras casas em outros verões, ou almanaques, ou atlas, uma faixa queimada de sol na parte de cima das capas dos livros mais altos.

O queixo dele era afundado, muito recuado, o que lhe emprestava ao rosto um aspecto de coisa inacabada, e o cabelo era duro e cheio de nós, com tufos que se destacavam do resto.

Ela era obrigada a concentrar-se para perceber esses detalhes. Olhava para ele e tinha de olhar outra vez. Havia algo de esquivo em seu aspecto, de um momento para o outro, uma escassez de abordagem física.

Disse ela num sussurro: "Fala comigo".

Ele estava sentado de pernas cruzadas, numa posição desajeitada, uma das pernas da calça arregaçada, e ela percebeu que ele havia amarrado um pedaço de barbante em torno da boca da meia para que ela não caísse. Aquilo a fez pensar em alguém.

"Fala comigo. Eu estou falando", disse ele.

Ela julgou entender o significado daquelas palavras. Havia um toque de desânimo em seu tom de voz, uma infinitude de esforço, indicando coisas que ele não conseguiria deixar claro para ela por mais que falasse. Até mesmo seus gestos pareciam exibir a marca do esforço. Ela sabia que teria de telefonar para hospitais e clínicas, instituições psiquiátricas, e perguntar se algum paciente estava desaparecido.

A chuva tamborilou nas janelas, pequenas pancadas que podiam ser contadas, e logo em seguida tomou conta de tudo, golpeando o telhado do solário e enchendo as calhas, e os dois ficaram escutando o barulho.

Ela perguntou: "Como você se chama?".

Ele a olhou.

"Eu vim pra cá pra ficar sozinha. É uma coisa importante pra mim. Estou disposta a esperar. Vou lhe dar uma chance de me dizer quem você é. Mas não quero uma pessoa na minha casa. Vou lhe dar uma chance", disse ela. "Mas não vou ficar esperando indefinidamente."

Ela não queria parecer que estava dando um ultimato formal, mas provavelmente foi essa a impressão que deu. Teria de ligar para o abrigo de sem-teto mais próximo, que não seria nada próximo, e talvez a igreja da cidade ou a igreja sem campanário de Little Moon, e teria de terminar chamando a polícia se nada desse resultado.

"Estou aqui por causa do Rey, que era meu marido, que morreu. Não sei por que estou dizendo isso pra você, porque certamente é desnecessário. Mas eu preciso ficar sozinha aqui por um tempo. Diz se você está me entendendo."

Ele fez um gesto com a mão que parecia significar que ela não precisava dizer mais nada. Claro que ele compreendia. Mas talvez não.

A tempestade desabava sobre a casa e os dois escutavam. A chuva era tão total que não havia jeito de não ficar escutando. Ela podia chamar o homem da agência imobiliária e registrar uma queixa, uma pessoa fora encontrada na casa. Era outra coisa que ela podia fazer.

Ainda estavam no meio da manhã, mas ela tinha a impressão de que o homem estava ali havia uma semana. Os dois ficaram olhando para a lareira com as cinzas da véspera.

Então ela se deu conta de quem ele era, quem era a pessoa que aquele homem lhe lembrava.

Era um professor de ciências do secundário, um homem meio desajeitado, que a uma luz fraca parecia ter cabelos claros e que em dias de sol parecia calvo e que uma vez passou fita adesiva no lugar em que seu mocassim estava descosturado e que falava com uma hesitação não premeditada que tinha o efeito de deixar os alunos constrangidos por ele, os poucos alunos sensíveis, ou abertamente inquietos, os inquietos, ou seja, todos os outros.

Ela deu ao estranho o nome do professor, para homenageá-lo. Sr. Tuttle. Ela pensou que desse modo ele seria mais fácil de ver.

Ela sussurrou: "Diz alguma coisa".

Ele descruzou as pernas e ficou com uma mão em cada joelho, um boneco numa poltrona vermelha, a cabeça virada para ela.

"Eu sei quanto." Disse ele: "Eu sei quanto esta casa. Sozinha à beira-mar".

Ele parecia não exatamente alegre mas de algum modo satisfeito, tecnicamente satisfeito por ter conseguido articular o último aglomerado de palavras. E era, de fato, vinda do sr. Tuttle, uma formulação que ela ouvia ecoando nas profundezas. Três palavras apenas. Mas ele situara sua interlocutora num conjunto de contracontextos, de dentros e foras simultâneos. A casa, o planeta marítimo lá fora e o modo como a palavra *sozinha* se referia a ela e o modo como a palavra *mar* reforçava a idéia de solidão, porém também apontava para uma libertação vigorosa, uma maneira de escapar dos limites do eu, encerrado entre paredes cobertas de livros.

Ela sabia que era bobagem um exame minucioso como aquele. Estava inventando coisas. Mas era esse o efeito que ele causava, articulando cada frase passo a passo, revelando as diferentes facetas e aspectos de cada palavra, como se as palavras fossem luas em fases específicas.

"Eu gosto da casa. É, eu gosto daqui. Mas é só alugada. Eu estou alugando. Vou embora daqui a seis ou sete semanas. Talvez menos. É uma casa que a gente alugou. Cinco ou seis semanas. Menos", disse ela.

Não estava olhando para ele agora. Estava olhando para as costas das próprias mãos, os dedos esticados, olhando e pensando, relembrando momentos passados com Rey, não momentos exatamente porém um tempo, ou momentos que se fundiam num tempo composto, uma erótica do ver e do tocar, e ela enroscou uma das mãos e abarcou-a com a outra, sentindo falta de Rey no corpo e sentindo-se sexualmente, abissalmente sozinha e olhando para os pontos em que os ossos dos nós dos dedos brilhavam exangues com a força com que ela apertava as mãos.

Ele disse: "Mas você não foi embora".

Ela olhou para ele.

"Eu vou embora. Daqui a umas semanas. Quando chegar a hora", disse ela. "Quando o contrato acabar. Ou antes disso. Eu vou embora."

"Mas você não vai", disse ele.

Essa mudança do pretérito para o presente parecia indicar que alguma coisa fora ultrapassada, um obstáculo ou limite. Ele tivera de fazer um esforço para conseguir aquilo. E ela ouviu uma coisa em sua voz. Não sabia o que era, porém a coisa a fez levantar-se e ir até a janela.

Ficou parada olhando para a chuva. Pensou que talvez ele viesse de um daqueles trailers em que morava gente, espalhados à margem da floresta perto da cidade, próximos mas totalmente distantes, com carros sobre calços e um cachorro pirado fazendo evoluções no meio da terra e das folhas, tentando coçar uma vaga coceira, e ele é o filho crescido que sempre foi assim, inacessível, sempre dependente, vivendo cada dia num espaço retangular com os pais esvaziados e já velhos, que nunca chamam um ao outro pelo nome, e desaparece de casa por dias a fio às vezes e vai aonde vai, balbuciando, ileso, na grande bolha do mundo.

Talvez não, pensou ela. Não era isso que ela percebera em sua voz. Havia alguma coisa por trás da voz que nada tinha a ver com nível de renda nem com tempo verbal nem com o que os pais dele assistem na televisão.

Ela deu as costas para a janela e instigou-o a falar um pouco. Ele parecia gostar da idéia de falar. Falava sobre os objetos à sua volta, aos trancos e barrancos, e ela tentava imaginar o que ele via, ou não via, ou via de modo tão diferente que ela nem sequer podia esboçar-lhes os contornos.

Ele falava. Depois de algum tempo ela começou a compreender o que estava ouvindo. Aquilo lhe exigia muitos níveis de percepção. Exigia toda uma história social do modo como as pessoas ouvem o que as outras dizem. Havia uma peculiaridade na sua voz, uma característica que se desenvolvia no momento exato em que ele falava, e que ela conseguia rastrear até chegar à fonte.

Ela observava-o. Era o mesmo pobre coitado que ela encontrara antes, aparentemente sem nenhuma consciência do efeito que estava causando.

Não chegava a ser uma imitação, mas ela percebia elementos de sua própria voz, o jeito *staccato* de falar, um leve toque gutural, o timbre, o som dela, e como era difícil de início, quase irreal, detectar sua própria voz vindo de outra pessoa, vindo dele, e depois era profundamente perturbador.

Ela não tinha certeza de que era a própria voz. Em seguida, teve certeza. A essa altura ele já não estava falando sobre cadeiras, luminárias nem sobre o desenho do tapete. Parecia estar representando o papel dela numa conversa com outra pessoa.

Ela tentava compreender o que estava ouvindo.

Ele gesticulava enquanto falava, levando as mãos às palavras, e ela começou a se dar conta de que tinha dito aquelas coisas a Rey, ali na casa, ou coisas parecidas. Eram comentários triviais a respeito de um telefonema que ela recebera de uns amigos que queriam visitá-los. Lembrou-se, lembrou-se vagamente de que estava ao pé da escada e que ele estava no andar de cima, Rey, andando pelo corredor de um lado para o outro, trabalhando num roteiro.

Ela estava junto à janela, agora. A voz começou a hesitar, a morrer aos poucos, porém a mão dele continuava em movimento, marcando o ritmo débil.

Ela pegou um casaco no cabide e saiu na chuva. Levantou o casaco sobre o braço dobrado para proteger a cabeça e atravessou o gramado e chegou à estrada de terra onde o carro estava estacionado. A porta estava destrancada, ela entrou e ficou lá dentro porque não havia sentido em trancar a porta num lugar tão isolado. A chuva despencava pelo pára-brisa em marés que se atropelavam. Ela teve um rápido arrepio e foi difícil parar de estremecer ouvindo o som daquela voz. Uma das janelas de trás estava entreaberta, e o cheiro de grama molhada, a fragrância de chuva no campo, os efeitos do mar e da brisa e da memória se misturavam todos no ar, mas ela continuava ouvindo a voz e vendo o gesto, inconfundivelmente de Rey, dois dedos juntos se agitando.

Ela não sabia havia quanto tempo estava ali. Talvez muito tempo. A chuva batia com força na capota e no capô. Muito tempo é quanto tempo? Pode ser isso, pode ser aquilo. Por fim abriu a porta e voltou para a casa, protegendo a cabeça com o casaco.

4.

Havia cinco pássaros no comedouro e todos estavam virados para fora, não para a comida, todos igualmente imóveis. Ela os observava. Não estavam olhando nem escutando, e sim sentindo alguma coisa, concentrados na sensação.

Todas essas palavras estão erradas, pensou ela.

Era o comedouro pendurado do lado de fora do solário, e ela estava naquele cômodo quase inteiramente branco, junto à janela larga, esperando o sr. Tuttle.

Ela vivia instalando comedouros para pássaros por toda parte desde que voltara. Era essa basicamente sua esfera terrena circundante, a extensão de natureza ao redor da casa. Mas tem a sensação de estar alimentando os pássaros da Terra, uma semente diferente para cada receptáculo, às vezes dois tipos formando camadas sucessivas claras e escuras num mesmo comedouro, e eles vêm e comem, ou não comem, e os comedouros também são diferentes, gaiolas, cilindros compostos de anéis, pires pendentes, bandejas montadas, e talvez seja um gavião, ela não sabe, que às vezes afasta os pássaros, ou um gaio que imita um gavião, ou então eles percebem alguma mensagem em algum evento fora do espectro visível.

Quando entrou ele não olhou para ela, porém foi direto para a mesa de tampo de vidro com pés de volutas.

O gravador de Rey piscava no meio da mesa.

Sentada à mesa, ela começou a falar, descrevendo a aparência dele. Rosto, cabelo, e por aí afora. Atento ou não. Mais ou menos arrumado ou desleixado. O que mais? Noite boa, ruim ou mais ou menos.

Não que ela soubesse como eram as noites dele. Uma noite apenas. Ela não conseguira dormir e por isso ficou parada por algum tempo à porta dele, já passada a meia-noite, escutando a respiração áspera e nasalada e sentindo-se comovida de um modo inusitado. Dormindo ele não era mais incognoscível que qualquer outra pessoa. Olhe. O corpo amortalhado pulsando fracamente. É isso que você sente, olhando para aquele corpo silencioso e vulnerável, podia ser quase de qualquer um, ou deitada ao lado do seu marido depois de fazer amor você respira o calor dos sonhos implacáveis dele e fica a pensar quem será ele, amorosamente vasculhando a verdade que você jamais há de conhecer, porque esse é o segredo que o sono protege em suas profundezas neurônicas, em seus estágios, camadas e dobras.

Nesta manhã ela falou sobre o nome dele, ou tentou. Eles começavam e paravam juntos. Mas quanto mais conversavam — falavam um pouco e mudavam de assunto e ele desligava o gravador e ela o ligava de novo e talvez ele antes também tivesse, sim, tivesse nome, só que o esqueceu ou perdeu e não conseguia mais recuperá-lo.

Disse ela: "Eu sou a Lauren".

Repetiu a frase várias vezes, apontando para si própria, porque achava que seria mais fácil para eles dois se ele a chamasse pelo nome.

Disse ela: "Se você tivesse nome. Vamos supor. Alguém no mundo saberia qual o seu nome? Onde está sua mãe? Quando eu digo mãe, a mulher que dá à luz um filho, a mãe, a mulher do pai, essa palavra? Diz. O quê?".

Ele sabia o nome da cadeira e da janela e da parede, mas não o do gravador, embora soubesse desligá-lo, e não sabia, pelo visto, quem era sua mãe nem onde ela estava.

"Se você fala alguma outra língua", disse-lhe ela, "diz algumas palavras."

"Diz algumas palavras."

"Diz algumas palavras. Se eu não entender não faz mal, não."

"Diz algumas palavras dizer algumas palavras."

"Está bem. Já que você quer bancar o mestre zen, seu pentelho. Como é que você sabe o que eu disse a meu marido? Onde é que você estava? Você estava aqui, em algum lugar, escutando? A minha voz. Parecia igualzinho, palavra por palavra. Fala sobre isso."

Sempre que havia uma pausa na conversa, o gravador parava de silvar. Ela o observava. Tentou insistir naquele ponto, mas não conseguiu nada e mudou de assunto de novo.

"O que você quis dizer hoje quando disse, quando você pareceu dizer o quê? Não lembro as palavras exatamente.

Foi ontem. O dia antes de hoje. Você disse que eu ainda ia estar aqui, eu acho, quando o contrato. Você lembra disso? Quando que eu vou embora. Você disse que eu não vou."

"Eu disse isso o que eu disse."

"Você disse isso. Que você de algum modo."

"De algum modo. O que é de algum modo?"

"Cala a boca. Que você de algum modo, mas deixa pra lá. Quando o contrato acabar. Ou então uma outra coisa completamente."

Ele desligou o gravador. Ela ligou, ele desligou. Apenas curiosidade, pensou ela, ou uma brincadeira. Mas ela sentiu vontade de bater nele. Não, não sentiu, não. Ela não sabia o que sentia. Era hora de começar a telefonar para hospitais e outras instituições. Era isso que ela sentia. Já era mais do que hora de fazer isso e era um erro ela não se informar, não levá-lo para alguém que tivesse autoridade, médico ou administrador, a freira que dirige um abrigo, uma pessoa boa e capaz, mas ela sabia que não ia fazer isso.

Ela passou uma hora num escritório improvisado no andar de cima, transcrevendo uma seleção de comentários da fita que tinha gravado com ele.

Ouviu a própria voz dizendo: "Eu sou a Lauren", como um personagem de filme de ficção científica com roupa de Lycra preta.

Finalmente entendeu. Começou a entender que ele tinha ouvido a voz dela no gravador. Em algum momento antes que ela colocasse uma fita virgem, ele apertou o botão de tocar e ouviu-a conversando com Rey, que estava no segundo andar com o gravador na mão, gravando idéias para o roteiro.

Foi assim que ele reproduziu a voz dela.

E o gesto com a mão? Ela rejeitou o gesto. O gesto é uma coincidência, uma coisa circunstancial, em parte inventada por ela mesma.

Sentia-se melhor agora.

Naqueles dias ela trabalhou o corpo com afinco. Sempre havia um nível a atingir que ultrapassava os limites anteriores. Ela era capaz de levar uma coisa a um extremo insuportável conforme medido pelo fôlego ou a força ou a duração ou a força de vontade e então resolvia estender aquele limite.

Acho que você está criando uma pequena sociedade totalitária só para você, disse-lhe Rey uma vez, em que você é a ditadora, absoluta, e também o povo oprimido, disse ele, talvez com admiração, um artista falando com uma artista.

O trabalho de corpo dela tornava tudo transparente. Ela enxergava e pensava com clareza, o que talvez só indicasse que não havia muita coisa a enxergar nem muito que pensar. Mas talvez a coisa fosse mais fundo, as posturas que ela assumia e mantinha durante períodos prolongados, os giros exagerados, as formas serpentinas e dobras de caules de flores, os intervalos meditativos de respiração sistemática, a vida vivida irredutivelmente como respiração pura e simples. Primeiro respirar, depois arfar, depois resfolegar. O corpo ficava tenso, os olhos dilatados, as artérias saltadas no pescoço, essas horas passadas respirando de modo tão urgente e absurdo que ela terminava imersa numa espécie de luz pura, sentindo o que é estar viva.

Começou a trabalhar nua num quarto frio. Fazia cruzadas de pernas no chão nu e alongamentos pélvicos, que eram ao mesmo tempo parodisticamente eróticos e eróticos de verdade, e repetições em câmara lenta de gestos cotidianos, consultar o relógio de pulso ou virar-se para chamar um táxi, ações citadas de modo rotineiro dentro de outro esquema conceitual, repetidas muitas e muitas vezes, e muito lentamente, a boca aberta de espanto e os olhos fechados para não ver a intensidade da consciência que passa.

Isabel ligou, a primeira mulher de Rey.

"No enterro nós quase não conversamos. Você me evitou um pouco, o que eu até entendo, sabe, e acho compreensível. Eu também aceito o que ele fez porque o conheço desde sempre. Mas pra você é diferente. Eu lamento a gente não ter conversado. Fazia anos que eu estava prevendo isso. É uma coisa que ia acabar acontecendo. Nós todos sabíamos disso. Fazia anos que ele ia cometer essa coisa. Era uma coisa que tinha dentro dele. Era a saída pra ele. Ele não era um homem desesperado. Essa coisa era um plano na cabeça dele. Era um truque que ele sabia que podia fazer quando fosse necessário. Ele até fez questão de que eu o visse na poltrona."

"Mas você não entende?"

"Por favor. Se tem alguém que entende sou eu. Ele era uma pessoa impossível. Já desde Paris ele era muito difícil. Quase onze anos que ficamos casados. Eu passei coisas com ele que mesmo se tentasse não conseguiria contar pra você. Não fica achando que eu não estou querendo poupar você. Eu estou lhe poupando, e muito. Esse homem, não era um processo químico na cabeça dele, não. Era assim que ele era mesmo. Pra falar com franqueza, você não teve tempo de descobrir. Porque eu vou lhe dizer uma coisa. Nós éramos duas pessoas com uma vida só, a vida dele. Eu fiquei com ele até estragar a minha saúde, e até hoje estou pagando o preço. Eu tive que ir embora no meio da noite. Porque você acha que foi por quê? Ele me ameaçou de me matar. E aqui nesta sala em que eu estou olho pro lugar vazio onde ficava a poltrona. Ficou aqui o dia inteiro até que eles tiraram da minha frente e levaram pro médico-legista, por causa do sangue dele e não sei o que mais, eu não vou nem dizer o quê, sabe, porque era prova. O jeito é comprar outra poltrona. Tudo bem. Enquanto isso fica o espaço vazio. Claro que ele quis poupar você quando a hora chegou. Por isso ele veio para Nova York e sentou na minha poltrona."

"A poltrona era sua. E a arma era sua? De quem era a arma?"

"A arma era minha? Você está maluca? Isso é outra coisa que você não sabia. Ele sempre teve arma. Onde ele morava sempre havia uma arma. Uma arma ou outra. Sei lá, nunca fiquei reparando."

"Não. Você não entende? Eu não quero ouvir isso."

"Mas eu quero falar. Eu insisto em falar. Esse homem detestava quem ele era. Porque há quanto tempo eu conheço esse homem e há quanto tempo você conhece? Eu nunca larguei dele. Eu larguei dele? A gente chegou a se separar de verdade? Eu o conhecia até dormindo. E sei exatamente como é que funcionava a cabeça dele. Ele pensou duas coisas. Essa é uma mulher que eu conheço desde sempre. E quem sabe ela não se incomoda com a bagunça."

Ela saiu à procura do sr. Tuttle. Não fazia idéia de aonde ele ia ou do que fazia quando não estava ao alcance de sua vista. Ele era mais compreensível para ela quando estava dormindo do que quando estava sentado do outro lado da mesa, os olhos um pouco saltados, ou do que na imaginação dela também, aliás. Era difícil recriá-lo na imaginação, por um instante que fosse, na mais rasa das conjecturas, um vulto ao lado de uma janela junto a um feixe de luz cheio de poeira.

Ela foi até o vestíbulo e gritou: "Cadê você?".

Naquela noite, na saleta dos lambris, ela ficou lendo para ele trechos de um livro sobre o corpo humano. Havia fotos de glóbulos vermelhos ampliados milhares de vezes e havia um texto sobre a biologia do parto, e era isso que ela estava lendo para ele, devagar, inserindo comentários por conta própria, e fazendo perguntas, e tomando chá, e mais ou menos quarenta minutos após o início da leitura, quando estava lendo uma passagem sobre o embrião, um centímetro de comprimento, flutuando nos fluidos do corpo da mãe, ela se deu conta de que ele estava falando com ela.

Mas a voz que estava ouvindo era a voz de Rey. A representação era precisa, o sotaque e as vogais arrastadas, as diferenças íntimas, as articulações produzidas num aparelho fonador específico e não em qualquer outro, coisas que ela sabia a respeito da voz de Rey, da voz de Rey e de nenhuma outra, e ela continuou com a cabeça enfiada no livro, incapaz de olhar para ele.

Tentou ouvi-lo com concentração absoluta. Dizia a si própria que precisava escutar. Ainda estava com a mão parada no ar, mostrando o tamanho do embrião, com o polegar e o indicador.

Ela acompanhava o que ele dizia, palavra por palavra, mas era obrigada a procurar o contexto. A fala dava voltas, perdia-se. Ele estava falando sobre marcas de cigarro, Players e Gitanes, sou capaz de andar um quilômetro para fumar um Camel, e então ela ouviu o riso, o riso estrepitoso de Rey, límpido e espaçado, e não estava saindo do gravador.

Ele estava falando com ela, e não com um roteirista em Roma ou Los Angeles. Era Rey, interpretando seu papel de fatalista encantador, recitando sua história de viciado em nicotina, e ela ouviu o próprio nome no meio daquilo tudo, a primeira vez que o sr. Tuttle o usava.

Aquilo não era nenhuma forma de comunicação com os mortos. Era Rey vivo, numa conversa que tivera com ela, naquela sala, não muito tempo depois de irem para aquela casa. Disso ela tinha certeza, lembrava-se de que tinham subido a escada e mergulhado numa noite de sensações agitadas, ondas de sexo, confissões e sono frágil, e eram confissões que exprimiam a confiança de um no outro, não maneiras de descarregar sentimentos de culpa, e sim afirmações de confiança, a maior parte delas partindo dele, marcadas pela necessidade, depois sexo sonolento outra vez, duas pessoas, uma atravessando a outra, simples e aéreas como nuvens, e ele dizendo que ela o estava ajudando a recuperar a alma.

Tudo isso numa luminosidade branca em algum lugar, um gélido piscar da memória, e então as palavras em si, as palavras de Rey, sendo pronunciadas pelo homem sentado na cadeira à sua frente.

"Eu me recupero a mim mesmo através de você. Agora eu penso como eu, e não como o homem que eu tinha me tornado. Eu como e durmo como eu, mal, o que é mau, mas é assim que eu sou quando eu sou eu e não outro homem."

Ela olhou para ele, cabeça e corpo de desenho animado, sem queixo, meros traços, mas ele sabia fazer seu marido reviver no ar que saía de seus pulmões e atravessava suas dobras vocais — ar em sons, sons em palavras, palavras no homem, fielmente formado nos lábios e na língua dele.

Ela sussurrou: "O que é que você está fazendo?".

"Eu estou fazendo. Isso sim aquilo. Diz algumas palavras."

"Você alguma vez? Olha pra mim. Você alguma vez conversou com o Rey? Como a gente está conversando agora."

"A gente está conversando agora."

"Sim. Você está dizendo que sim? Diga sim. Quando foi que você conheceu o Rey?"

"Eu conheço ele onde ele era."

"Naquela época e agora. É isso que você está dizendo? Você estava parado do lado de fora do quarto ouvindo a gente falar? Quando eu digo Rey, você sabe de quem eu estou falando? Conversando num quarto. Eu e ele."

Ele deixou o corpo pender para um lado por algum tempo, depois para o outro, um balanço mecânico, tique e toque, como se fosse o primeiro brinquedo jamais construído com peças móveis.

Ela não sabia como encarar aquilo. Havia no momento alguma coisa crua, uma ferida aberta. O momento a expunha a coisas que estavam fora de sua experiência, mas que ocupavam uma posição desesperadamente central, de algum modo, ao mesmo tempo.

De algum modo. O que é de algum modo?

Ela fazia perguntas e ele falava com sua própria voz esganiçada e frágil, que se perdia nos tempos e desinências, ladainhas de conjugações, e ela se deu conta de estar descrevendo o que ele dissera a alguma terceira pessoa na sua imaginação, talvez sua amiga Mariella, objetiva, confiável, capaz de dar conselhos, reconhecidamente sincera, ao mesmo tempo que ouvia, possessiva, cada palavra que ele pronunciava.

Passou a andar sempre com o gravador. Era pequeno e leve e cabia no bolso da camisa. Ela usava camisas de flanela com bolso de portinhola. Usava botas forradas e caminhava horas à beira dos charcos e por estradas perdidas, andando no meio da pista e ouvindo o sr. Tuttle.

Olhava para o próprio rosto no espelho do banheiro e tentava entender por que ele parecia diferente do mesmo rosto visto no andar de baixo, no espelho de corpo inteiro do vestíbulo, se bem que não havia mistério nenhum, pensou ela, porque o rosto parece diferente a cada momento e em cada lugar, dependendo de uma centena de variáveis cotidianas, mas assim mesmo, pensou ela, por que é que eu pareço diferente?

Ela não o levava à cidade porque talvez alguém o conhecesse lá e porque ele nunca saía da casa por vontade própria, que ela soubesse, e ela não queria obrigá-lo a viver uma experiência que talvez o assustasse, mas acima de tudo ela não queria que ele fosse visto por outras pessoas.

Mas um dia saiu com ele de carro, rumo ao interior, em direção aos shoppings, mergulhando na fumaça dos carros e no tráfego coagulado, e o fez como quem faz uma coisa mais estranha do que todas as coisas que parecem estranhas demais para fazer, movida por um impulso, para aplacar a necessidade de realizar um gesto impensado e numa tentativa sem muito empenho e talvez vã de ver as coisas pelos olhos dele, o mundo em forma geométrica, formando padrões e pilhas, e os longos corredores de produtos e os consumidores em transe numa dança delicada e tudo o mais que lhe atraísse o olhar e que você já não sabe enxergar.

Mas quando chegaram lá ela o deixou preso com o cinto de segurança trancado dentro do carro enquanto foi à loja de produtos eletrônicos e ao supermercado e à sapataria. Comprou um par de sapatos e umas meias para ele. Comprou fitas virgens para o gravador, que não conseguira encontrar na cidadezinha, e voltou para o carro com um saco cheio de compras num carrinho reluzente e o encontrou cercado de mijo e merda.

Talvez esse homem vivencie outro tipo de realidade onde ele está aqui e ali, antes e depois, e a passagem de uma para outra seja uma experiência arrasadora, em estado de colapso, sem identidade, sem linguagem, uma maneira de saborear a torrada com mel que ele come enquanto ela o observa.

Talvez, pensou, ele vivesse numa espécie de tempo que não tinha forma narrativa. O que mais ela pensava? Sentada no escritório quase vazio do segundo andar, não sabia o que mais pensava.

Falavam todas as manhãs sentados à mesa de tampo de vidro do solário, e ela gravava o que diziam. O cômodo não tinha calefação, mas era agradável ficar lá naquela seqüência ininterrupta de dias quentes, tomando canecos de chá de menta.

Recurvado para a frente, ele falava em direção ao aparelho, às vezes diretamente para ele, como se se dirigisse a ele, como se falasse com ele, só eles dois, e quando parava de repente, entre uma e outra construção, sua boca continuava vibrando de leve, um vestígio de movimento que lembrava o tremor de um velho, ato reflexo ou sinal de agitação.

"Você conheceu o Rey? Você sabe quem é quando eu falo no Rey?"

"Não é capaz."

"Tenta responder. Por favor. Você está vendo como isso é importante pra mim. Fala como ele. Diz umas palavras."

Há um código na conversação mais simples que informa os interlocutores do que está se passando além dos fenômenos puramente acústicos. Era o que faltava àquelas conversas entre eles. Faltava ritmo. Para ela era difícil encontrar o compasso. Tinham de se virar com palavras desajustadas. Ela perdia o contato com ele, perdia o interesse às vezes, não conseguia localizar os intervalos rítmicos, as deixas, nem sequer os murmúrios e balbucios, as pausas audíveis que pontuam um comentário. Ele não exibia reações faciais às coisas que ela dizia, e isso a confundia. Não havia graus de ênfase aqui e trechos rasos ali. Ela começou a compreender que aquelas conversas não tinham o sentido do tempo, e que todas as referências no nível do não-dito, as coisas que poderia haver em comum entre um homem falando em holandês e um outro falando em chinês — nada disso existia.

"Aperta o negócio."

"Aperta o botão. Não, não aperta o botão, não. Esse é o botão de parar. Você ouvia a gente no quarto? Eu e ele. Conversando."

Ela queria tocá-lo. Nunca o havia tocado, pensou, ou então só de passagem, talvez, uma vez, prendendo o cinto de segurança nele no carro, quando ele estava de suéter ou de casaco.

"Você o conhece onde ele era. Você o conhece de antes. Você o ouviu falando comigo. Nós vimos você? Você estava escondido em algum lugar pra gente não ver você? Você entende escondido? Você conhece a voz dele. Me faz ouvir a voz dele."

Ela sabia, dizia a si própria que não era uma desequilibrada que havia encontrado uma pessoa com poderes paranormais, capaz de colocá-la em contato com o marido morto.

Aquilo era uma coisa diferente.

Ela o observava. Hoje seu cabelo estava com aparência desbotada. Ele parecia ausente, a pouco mais de um metro dela. Ele não sabia como medir-se em relação ao que chamamos de Agora. O que é isso, afinal? É possível que o Agora não exista para as pessoas que não acreditam nele por uma questão de fé. Talvez ela precisasse conversar era com um físico, alguém, não sabia bem quem, que pudesse dizer-lhe quais eram os parâmetros. Ela odiava essa palavra. Usava a palavra, mas não sabia o que queria dizer e usava assim mesmo. Os pássaros estavam enlouquecidos no comedouro.

Ligou para Mariella e atendeu a caixa postal eletrônica. Uma voz de computador disse: *Favor / deixar / sua / mensagem / após / o / sinal*. As palavras não eram ditas, e sim geradas, e eram separadas por dimensões breves porém profundas. Ela desligou e ligou de novo, só para ouvir a voz mais uma vez. Como era estranha aquela descontinuidade. Parecia um pulo quântico, de uma palavra para a outra. Ela desligou e ligou de novo. Uma voz para cada palavra. Sete vozes diferentes. Não sete vozes diferentes, mas uma mesma voz de homem em sete ciclos temporais. Mas não exatamente voz de homem. E não exatamente palavras, e sim sílabas, mas não eram sílabas também não. Ela desligou e ligou de novo.

Seguiu pelo corredor comprido e subiu a escada até o terceiro andar e passou pelos cômodos vazios chegando ao banheiro quase no fim do corredor. Ele estava sentado dentro da banheira quando ela abriu a porta. Ele não mexeu a cabeça nem deu nenhum outro sinal. Ela ficou parada olhando. Ele tinha numa das mãos um sabonete e na outra uma toalhinha de mão. Permanecia parado naquela posição, as mãos imobilizadas, e ela olhava para ele. Ele não se mexia nem olhava para ela nem dava nenhum outro sinal. As mãos estavam pouco acima do nível da água, a lasca de sabonete, a toalhinha amarfanhada. Nessa configuração, o sabonete se chama lasca.

Sussurrou ela: "Olha pra mim".

Quando ele obedeceu, sem nenhuma timidez, ela ajoelhou-se ao lado da banheira e tirou o paninho de sua mão. Esfregou-o nos ombros dele e foi descendo pelas costas, puxando-o para um lado e para o outro. Lavou a cavidade debaixo do braço. Isto é a axila, uma e duas. Tirou o sabonete da outra mão dele e esfregou-o na toalha e lavou-lhe o tórax e os braços, silenciosamente lhe identificando as partes do corpo dele. Largou a toalhinha sobre a água com um gesto delicado, e o pano dobrou-se para dentro e afundou, e ela esfregou-lhe a barriga debaixo d'água com o sabonete, um movimento mecânico, a mão lentamente circulando em torno do umbigo. Então se debruçou sobre ele para colocar o sabonete na saboneteira, a lasca de sabonete, olhando para ele o tempo todo, e pôs a mão dentro d'água e com jeito pegou o pênis, olha ele aqui, e abarcou com a mão e esfregou os testículos, nomeando e enumerando as partes dele, uma e duas, e um leve brilho úmido surgiu acima dos lábios dele.

A mão dele emergiu da água segurando a toalhinha. Ela pegou-a e cobriu o próprio rosto com ela, apertando-a contra os poros, esfregando-a sobre a boca, e devolveu-a a ele.

Tocou-o no rosto, coberto por uma leve penugem, e será que ele faz a barba e quem foi que ensinou ele a, e correu o dedo de leve pela boca dele, traçando o contorno dos lábios. Traçou o nariz e as sobrancelhas e a orla da orelha e as convoluções da superfície interior. Isso seguido daquilo. Isso levando àquilo. Ele não reagia com timidez ao toque dela, ou então só reagia de modo rotineiro, e ela pensou que para ele nada poderia parecer estranho, nem surpreendente, nem excitante, em comparação com o fato, o borrão, fosse o que fosse — o choque assombroso de ele estar ali.

Ela sentiu algo leve no canto da boca, meio dentro meio fora, que só podia ser um cabelo. Tirou-o e passou o polegar no lugar, um cabelo saído da toalhinha, e ela não o sentia mais no rosto e olhou para ele e olhou para a própria mão e talvez fosse apenas uma coceira.

Depois saiu para o corredor e é claro que não era como se tivesse dado banho numa criança, mas por outro lado também não era exatamente um homem, mas era isso que ele era, estava fora do âmbito confortável do pêndulo do ou isso ou aquilo, e ela ainda estava encontrando coisas para examinar, e perguntando a si própria em voz alta como é que ele sabia usar a toalhinha de mão, o que parecia uma coisa muito refinada, e defendendo-se por ter agido como agiu, e analisando a própria reação ao movimento da mão sobre o corpo dele enquanto caminhava quilômetros afora pelo descampado por entre pés de mirtilo, na névoa, o zíper da jaqueta puxado até em cima, o gravador rodando no bolso.

"Como é que você pôde ficar vivendo aqui sem eu saber?"

"Mas você sabe. Eu estou vivendo."

Ele meio que bateu no próprio rosto, uma espécie de brincadeira, talvez.

"Mas antes. Eu ouço um barulho e você está num quarto do andar de cima. Há quanto tempo você está aqui? Fala pra esse troço."

"Fala pra esse troço", disse ele com uma voz que talvez fosse uma imitação involuntária da voz dela.

Ela estava na cidadezinha, descendo de carro uma ladeira de casas de madeira, e viu um homem sentado na varanda, mais adiante, por entre as árvores e os arbustos, os braços abertos, um homem de rosto largo e cabelo alourado, descansando. Ela sentiu naquela fração de segundo, naquele cocô de mosca de tempo, que o viu por completo. A vida do homem se abriu para seu olhar passante. Um homem preguiçoso e manipulador, agente imobiliário, condomínios com vista para um lago cheio de mosquitos. Ela o conhecia. Ela enxergava dentro dele. Lá estava ele, divorciado, problemas com bebida, emocionalmente afastado dos filhos, dois filhos homens, usando jaquetas com o nome da escola, tudo num rápido piscar.

Uma voz declamava as notícias no rádio.

Quando o carro passou pela casa, completando o segundo, ela se deu conta de que o que estava vendo não era um homem sentado, e sim uma lata de tinta sobre uma tábua equilibrada entre duas cadeiras. A lata branca e amarela era o rosto dele, a tábua eram os braços, e a mente e o coração do homem estavam no ar em algum lugar, já se perdendo na voz do locutor de rádio.

Ela telefonou para Mariella e atendeu a caixa postal eletrônica. Ela escutou a gravação e desligou e então ligou de novo e desligou. Ela ligou várias vezes no dia seguinte e no outro e escutava a voz gravada e não deixava recado. Quando ligou de novo e Mariella atendeu, ela desligou o telefone, delicadamente, e ficou parada, em pé, inteiramente imóvel.

Disse ela: "Fala como ele. Quero que você faça isso pra mim. Eu sei que você é capaz. Faz isso pra mim. Fala como ele. Diz umas palavras que ele disse que você lembra. Ou então qualquer coisa que vier à sua cabeça. Isso. Diz qualquer coisa que vier à sua cabeça, mas como se fosse ele. Não vou perguntar como é que você faz isso. Só quero ouvir. Fala como ele. Fala com a voz dele. Imita o Rey. Me faz ouvir ele falando. Estou pedindo direitinho. Seja meu amigo. Uma pessoa em quem você confia, amigo é isso. Faz isso pra mim".

Eles vinham voando em linha reta direto para os poleiros, disputando lugar nas aberturas do comedouro, um bicando o outro, as asas zumbindo, os peitos brancos de sol, alpiste caindo dos bicos. Iam embora e voltavam, meio que sobrevoando, nove, dez, onze pássaros, outros grudados à tela da janela, alguns nas árvores mais próximas, não exatamente cantando mas qual a palavra, chilrear ou gorjear ou trilar, e um atacava o outro nos poleiros ou lutavam em pleno ar, os pássaros que mudavam de cor, os pássaros que cantavam os próprios nomes, os pássaros que comiam de cabeça para baixo.

À noite ela ia até a porta do quarto dele e ficava vendo-o dormir. Ficava ali uma hora e depois se conectava com a internet para ver os carros começando a surgir na estrada de duas pistas por onde se entrava e saía de Kotka, na Finlândia, ficava olhando até que ela própria conseguisse dormir, finalmente, com o nascer do dia nórdico.

5.

Era mais uma manhã lerda, enevoada e silenciosa, e o telefone estava tocando. Ela ficava em pé, nua, no quarto onde fazia seu trabalho de corpo, curvada para a esquerda, os olhos fechados, consultando o relógio de pulso.

Ou então ficava sentada, pernas cruzadas, costas eretas, respirando de modo enlouquecido. Exalava ar pelas narinas fazendo sons de eco na garganta, visualizando o corpo a se elevar e rodopiar, uma rotação para cada respiração.

Ou então engatinhava pelo chão, mantendo os joelhos afastados pela largura dos quadris, as nádegas para cima, sentindo o comprimento felino de sua postura, rodando os ombros.

Ficava em pé, balançando-se lentamente, eternamente verificando a hora, metade do corpo girando dentro do arco do braço esquerdo, o braço do relógio, ou então o corpo alavancado pelo braço e a cabeça girando com pequenos saltos descontínuos como se fosse o ponteiro de segundos do relógio inexistente, a boca aberta e os olhos sempre bem fechados.

Ela ouviu um avião riscar o céu e então a luz piscou, apagou e acendeu, o sol, o raio de sol, um evento que ela reconstruiu através das pálpebras fechadas, e deu-se conta de que a neblina finalmente se dissipara.

Quando estava úmido e frio demais no solário, conversavam na saleta dos lambris, e ela tomava notas e gravava. Havia manhãs em que ele praticamente não falava, mas em outras estava mais disposto, e ficavam perto da lareira que ela havia acendido com a casa toda morta ao redor deles.

"Estar aqui veio a mim. Estou com o momento, vou deixar o momento. Cadeira, mesa, parede, corredor, tudo para o momento, no momento. Veio a mim. Aqui e aí. A partir do momento eu parti, saí, estou indo. Vou partir no momento a partir do momento."

Ela não sabia que nome dar a isso. Chamava-o de canto. Ele continuou assim por algum tempo, indo, vindo, e era canto, ladainha. Ela achegava-se a ele. Era um nível que demonstrava não estar ele fechado para a inspiração. Ela sentia o relaxamento do corpo que a retirava da esfera do pensamento laborioso, trazendo-a para algo quase incontrolável. Achegava-se à voz dele, rindo. Queria participar da ladainha dele, entrar e sair do ritmo, ou das palavras, ou das coisas, o que quer que ele estivesse fazendo, mas só conseguia rir.

"Vindo e indo estou partindo. Eu vou ir e vir. Ir veio a mim. Nós vamos, todos vamos, todos vão ser deixados. Porque estou aqui e onde. E vou ir ou não ou nunca. E eu vi o que vou ver. Se estou onde vou estar. Porque nada fica entre mim."

Ela estava rindo mas ele não. Aquilo saía dele sem parar e não era fala esquizofrênica nem o grito de corpos estremecendo abalados por Deus. Ele permanecia sentado, pálido e imóvel. Ela o observava. Era uma pura ladainha, transparente, ou estaria ele lhe dizendo alguma coisa? Ela sentia um arroubo que tornava difícil escutar com atenção. Estaria ele lhe dizendo como é ser ele, viver no corpo e na mente dele? Ela tentava ouvir isso mas não conseguia. As palavras se sucediam, lúbricas e vazias, e ela queria que ele risse com ela, que a seguisse enquanto ela escapava de si própria. É essa a questão, sim, essa a emoção do verdadeiro assombro. E algum toque de terror nas margens, ou medo de crer, algum deslocamento do eu, mas essa é a questão, essa é a cunha que penetra o êxtase, o velho significado da palavra, os olhos revirados para cima, para dentro do crânio.

"O que é o momento? Você disse o momento. Diz pra mim o que isso quer dizer pra você. Mostra o momento."

Disse ele: "Fala pra esse troço".

"O que é que você sabe? Quem é Rey? Você fala com ele? Você falou com ele alguma vez? Você sabe de quem estou falando quando digo Rey? Eu sou a Lauren. Quem é Rey? Um homem. Desta altura. Olha. Desta altura. Assim. E de bigode. Um homem com pêlos no lábio superior. Olha pra mim, seu debilóide. Que altura? Esta altura. Um homem com pêlos compridos no lábio superior. Mas depois ele raspou o bigode."

Ele raspou o bigode. Ela havia se esquecido desse detalhe até aquele momento.

Ela viu uma coisa com o rabo do olho. Virou a cabeça e não havia nada. O telefone estava tocando. Resolveu que ia procurar um oculista porque tinha a impressão de que vira alguma coisa várias vezes, ou uma ou duas vezes, com o rabo do olho direito, ou um oftalmologista, mas sabia que não ia se dar ao trabalho de ir. O telefone estava tocando. Ela atendeu e esperou que a pessoa falasse.

Era hora de raspar o corpo. Passou uma pedra-pomes na sola dos pés, com movimentos circulares, nos calcanhares, depois ensaboou o pé de novo e virou-o para cima com a mão outra vez. Ela gostava de segurar o pé com a mão. Pacientemente foi desbastando o único calo, estendendo aquela tarefa por dias, perdendo-se nela, o corpo enroscado numa determinação concentrada, uma espécie de ensimesmamento compenetrado que vem em linha reta desde a infância.

Ela dispunha de lixas de unhas, muitos tipos de tesouras, alicates e cremes que ativavam os verbos de redução e excisão. Examinava os dedos das mãos e dos pés. Havia um modo de isolar um dedo para examiná-lo com atenção, usando uma lente e um quadrado de papelão escuro, e voavam pelo ar pelezinhas e fragmentos de unha e pele, ciscos.

Era bom voltar a fazer isso.

Talvez esse homem não tenha defesas contra a verdade do mundo.

Que verdade? Pensou ela: que verdade?

A gente imagina que o tempo passa, pensou. Mas talvez ele viva num estado diferente. Um tipo de tempo que permanece apenas, permanece avassalador, exposto, inerte, e ele não tem a capacidade inata de reconceber essa situação.

Que capacidade?

Não há nada que ele possa fazer no sentido de imaginar o tempo existindo numa seqüência tranqüilizadora, passando, fluindo, acontecendo — o mundo acontece, tem de acontecer, a gente sente isso — com nomes e datas e distinções.

O futuro dele é inominado. É simultâneo, de algum modo, ao presente. Um não acontece antes nem depois do outro, e os dois são igualmente acessíveis, talvez, ainda que apenas na mente dele.

As leis da natureza permitem coisas que na realidade, na prática, pensou ela, nunca acontecem.

Mas poderiam.

Mas não.

Mas sim. Ainda que apenas na mente dele, pensou.

No jantar ela comia coisas sem graça e leves, depressa, para se ver livre daquilo logo de uma vez. Às vezes ele não aparecia e às vezes aparecia, mas não comia, e uma vez sumiu por seis ou sete horas, e ela percorreu a casa toda e depois o caminho de terra no escuro, apontando uma lanterna para as árvores e dizendo tranqüila: "Cadê você?".

Esperou dentro de casa com um livro nas mãos, um simples acessório, sentada pensando, sem pensar, qualquer mulher que já sabe o pior.

Então ele entrou na sala, esgueirando-se, com aquele seu jeito de enroscar-se em torno de si próprio, como se, como se. Ela ficou olhando enquanto ele tentava adaptar seu corpo a uma *bergère* e permitiu-se certo grau de alívio, uma espécie de leveza corporal que a desvinculava, como num sonho, da mulher impassível com o livro nas mãos.

Pensou num homem que aparecesse ali inesperadamente. Não o homem que estava ali no momento. Outro homem. Não era nada, era uma coisa que lhe surgia na consciência enquanto ela tomava o café da manhã, um homem que aparecesse de repente, como se num filme, e ele é filmado do ângulo de baixo. Não filmado, mas fotografado. Não fotografado, mas captado num filme, do ângulo de baixo, de modo a ressaltar sua altura. A coisa é feita de tal modo que é um choque, um homem à porta, iluminado de modo tal, ameaçador, para fazer efeito, ou encontrado quando ela está saltando do carro, um homenzarrão, surgindo sem mais nem menos à sua frente. É o choque do mundo exterior, o golpe, o susto da intrusão, e o momento é registrado de um modo que é profundamente ameaçador para duas pessoas que estão levando uma vida reclusa, em circunstâncias que levam ao ensimesmamento. Acaba que o tal homem é o dono da casa, um homem grandalhão, sim, para fazer efeito, velho mas em forma, ou não tão velho assim, e além disso ele veio falar sobre o sr. Tuttle.

Ela se via na cena, junto ao carro, ouvindo o homem. Era apenas uma idéia passageira, uma história que ela contava a si própria, ou projetava, para ser esquecida. O homem lhe explica que o sr. Tuttle, ou seja lá qual for seu nome verdadeiro, é um membro da família, uma espécie de primo em segundo grau, ou então é o filho, melhor ainda, de uma irmã querida, e passou boa parte da vida nesta casa, num estado jamais diagnosticado, ou sofreu uma lesão no cérebro, melhor, sendo cuidado em regime de meio expediente por uma enfermeira contratada pelo homem, o dono, que é um pouco mal-ajambrado, um pouco esfarrapado, mas é mais mesmo é triste, uma espécie de tristeza de família, e quando o dono e a mulher dele, Alma, resolveram ir morar em outro lugar, os filhos já crescidos ou já começando a formar família, eles decidiram alugar aquele casarão velho e troncho, o tradicional lar da família, e um dia vendê-lo, provavelmente, e internaram o sr. Tuttle, cujo nome verdadeiro nunca chega a ser usado, numa instituição para pessoas que sofrem de males assim, a mais de cem quilômetros dali, estados do ser que estão além da especulação mais ousada, e jamais ocorreu à família, quando informada de que ele havia sumido da instituição, que ele poderia ter conseguido encontrar o caminho de casa, até aquele momento. Agora a idéia lhes ocorreu, e por isso ele está aqui, o dono, perguntando.

Ela evita, na sua imaginação, tal como o dono, usar a analogia do cachorro perdido para aplicá-la ao sr. Tuttle, movida por algum tipo de escrúpulo, e por aí vai, e era assim que a coisa terminava, mais ou menos, na hora do café da manhã, com o proprietário e a inquilina parados no caminho de terra, olhando vagamente para a casa.

O nome Alma saiu do nada. Parecia completamente plausível. Tudo parecia plausível, até a volta do cachorro perdido, e o interessante da tal cena é que ela nunca chegava a será que ela o entrega, será que ela abre mão dele, mas simplesmente terminava, abruptamente, assim.

Ela caminhava pelo quintal, sentindo o que estava ali, tudo céu e luz, o som de alguém martelando em algum lugar numa das cabanas à margem da estrada de terra, mais de meio quilômetro dali, trazido com tato pelo vento, e engraçado como a clareza das coisas aprofunda o passo da gente, nos dá uma coisa para pegar e agarrar, e então o martelo parou. Ela caminhava e pensava. Era uma daquelas manhãs sem pássaros. Um silêncio pairava em torno dos comedouros, um vazio tão profundo que chamava a atenção.

Entrando em casa, a primeira coisa que reparou era que ele estava usando os sapatos que ela havia comprado, confortáveis, com cadarços, solas de borracha, e isso lhe agradou.

Estavam na saleta dos lambris, o gravador ligado numa mesa de centro entre eles dois.

Quem o ensinara a dar laço nos cadarços?

Ele olhava fixamente para ela. Parecia estar olhando fixamente mas provavelmente não estava, não. Ela achava que os olhos dele não eram capazes de buscar uma coisa e lhe dar forma. Ou pelo menos não como os olhos normais. Dizem que os olhos enformam e processam e pintam. Eles nos contam histórias nas quais queremos acreditar.

"Então quando chega a mim."

"O quê?"

"Uma coisa da mais. Dias sim anos."

"Você sabe o que isso quer dizer? Um dia. Um ano. Ou você me ouviu usar essas palavras?"

"Diz umas palavras."

"Diz umas palavras."

"Dentro quando vem."

"Dentro quando vem. O quê?", perguntou ela.

"Ir indo embora."

"Quem é que vai embora?"

"Isso é quando você, sim, você disse."

"Eu disse o quê?"

Ela se deu conta de que nunca o chamara pelo nome. Só pronunciava seu nome quando estava sozinha, falando para o gravador. Porque, é claro, você tem de admitir isso — o nome é engraçadinho, condescendente.

Disse ele: "Não pega nisso", com uma voz que não era bem dele. "Depois eu arrumo."

Depois ele afundou no silêncio. Isso, afundou. Exibindo um olhar caído, o ânimo derrubado, se ela estava interpretando corretamente. Ela recitou um poema infantil, em francês. Tentou fazer com que ele repetisse um verso e ele se esforçou, um esforço comovente e vão, e ela imaginou-se relatando o episódio a alguém que talvez fosse Mariella, ou não, como se ele fosse um *objet trouvé* e elas duas precisassem chegar a um acordo, elas duas, a respeito da possibilidade ou não de utilizá-lo.

Às tardes, muito depressa, os restos de sol escorriam pela serra do outro lado da baía, por tudo que a cercava, árvores e terra e folhas comprimidas a seus pés, cor de ouro e ferrugem, e uma vez uma revoada de gansos sobrevoou seu ombro em silêncio, seguindo mundo abaixo rumo a sua noite secreta.

Ela começou a entender que não conseguia sentir saudade de Rey, não conseguia pensar na ausência, na perda de Rey, sem que seu pensamento roçasse pela imagem do sr. Tuttle.

Quando atendia o telefone, esperava que a pessoa que ligara falasse primeiro e sentia uma pequena satisfação cruel na pausa das moléculas perplexas.

Levou-o ao quintal numa noite límpida e traçou no ar uma constelação com o dedo. Havia algum tempo que ela não contemplava o céu noturno, e a respiração deles fazia fumacinhas no ar frio. Ela olhou-o de frente, bem de perto, pôs as mãos dele nos bolsos do casaco dela e soprou em seu rosto palavras que o obrigou a repetir.

Ele disse: "O nome do luar é luar".

Isso alegrou-a. Era logicamente complexo e curiosamente comovente e circularmente belo e verdadeiro — ou talvez não circular, e sim o mais linear possível.

Ela precisava encontrar um nome com que pudesse chamá-lo face a face.

Achava interessante a idéia de que ele vivia em realidades que se sobrepunham.

Muitas coisas são interessantes, sua boba, mas longe de ser verdadeiras.

Lembrou que precisava comprar pilhas para o gravador.

Gostava de pensar. Gostava de pensar no quê? Estava passando um dia besta e queria pôr a culpa na neblina.

Talvez ele caia, ou desça deslizando, se a palavra é útil, de sua experiência de um mundo objetivo, a mais profunda descrição do espaço-tempo, onde ele não tem nenhuma sensação de uma direção futura — para dentro da experiência dela, a de todo mundo, a cronologia comum dos eventos, beijada pelo sol.

Serei eu o primeiro ser humano a abduzir um extraterrestre?

A neblina sombria e brônzea seguia baixa em direção à costa, mas ao chegar lá se tornava informe, abrangendo tudo em sua penumbra amebiana.

Se não há outra ordem seqüencial senão a que geramos para garantir nossa própria segurança no mundo, então talvez seja possível, sei lá, passar de um estado sem nome para outro, só que está na cara que não.

Lembrou-se de comprar pilhas. Lembrou-se de não esquecer.

Era o tipo do dia em que você esquece as palavras e deixa cair as coisas e não sabe o que foi que você veio pegar neste cômodo porque você está parada aqui por algum motivo e você tem de dizer a si mesma que é só uma questão de tempo, que você vai lembrar porque sempre lembra depois que entra no cômodo.

A coisa é comunicada, de algum modo.

Ela estava depilando as axilas e as pernas com cera. Os nacos de cera saíam ásperos e formigantes. Ela usava um creme ácido esfoliante, implacável, vendido com receita, e depois de arrancar os pêlos passou o creme para retirar flocos e escamas de pele morta e pequenas bolinhas que ela gostava de segurar entre os dedos e imaginar, sem morbidez, que eram as células de morte de alguma coisa dentro dela.

Esfregava uma escova de pêlo de macaco nos cotovelos e joelhos. Queria que doesse.

Não precisava ir a Tânger para comprar buchas e paus de laranjeira. Tinha tudo nos shoppings, nos corredores altos, isso e mais escovas para o rosto, lâminas e cremes de aveia. Era esse seu trabalho, desaparecer de todos os seus antigos locais de aspecto e porte e tornar-se um vazio, uma lousa corporal de que foi apagado todo e qualquer vestígio de semelhança com o passado.

Pegou o creme clareador e aplicou-o em praticamente todo o corpo, para despigmentar-se. Cortou um pouco, e depois mais, de seu cabelo. Era um trabalho grosseiro que se tornou quase brutal quando ela o descoloriu. No espelho ela queria ver aquele tipo clássico de pessoa que ninguém vê, a pessoa que a gente é treinada para não ver, como se fosse transparente, esvaziada de todo efeito de familiaridade, um fantasma na estática noturna dos banheiros públicos.

Usou loções adstringentes para remover resíduos de sabonete, gorduras e aquelas sujeiras crônicas das dobras recônditas. Grudava na pele tiras de plástico e depois as arrancava, junto com uma infinidade de minúsculos tampões que lhe obstruíam os folículos e poros.

Um sistema oculto, interessante, essas secreções sebáceas, eventos glandulares do cosmo do corpo, pequenas pústulas e erupções, impacções de gordura, óleo, sal e suor, e o prazer quase filológicos de extraí-las.

Ela encontrou o ungüento para massagem que havia comprado para Rey pouco antes de ele partir, e usou-o só para usá-lo.

Estava em pé, parada, olhando para ele, dois corpos num cômodo. Sob observação ele parecia afastar-se, encolher para dentro, não por desconforto, pensou ela, mas de modo espontâneo, involuntário, movido por alguma lei formulada pelo próprio corpo. Ela pôs as mãos nos ombros dele e olhou-o nos olhos. Pensou: quando foi que as pessoas começaram a se olhar nos olhos? Foi o que ela fez, com um olhar perscrutador, na cozinha, com o sr. Tuttle.

Não pega nisso. Depois eu arrumo.

Os olhos dele eram cinzentos mas e daí. Os olhos eram quase cinzentos, eram ternos e imóveis e desprovidos de ansiedade. Ela olhava. Ela estava sempre olhando. Não conseguia dar-se por satisfeita. Os olhos dele eram de um tom de cinza que parecia amarelento àquela luz áspera, ligeiramente amarelados, e neles não havia nenhuma comoção de um eu trêmulo.

Ela enquadrou o rosto dele com as mãos, encarando-o de modo bem firme. O que significava isso, a primeira vez que um ser pensante olhou fundo nos olhos de outro? Teriam sido necessários cem mil anos para que isso acontecesse ou teria sido logo a primeira coisa que fizeram, de modo transcendente, a coisa que os elevou, que os tornou modernos, o olhar que demonstra que estamos a sós em nossa alma?

Perguntou ela: "Por que você acha que eu estou mais perto de você do que você está de mim?".

Ela não estava fazendo graça. Era verdade, um paradoxo de tipo espectral. Em seguida tentou fazer graça, usando palavras afetuosas e apelidos carinhosos, mas logo se sentiu ridícula e parou.

Ele tomava o café da manhã, ou não comia quase nada. Depois ficava parado na porta da cozinha para o corredor comprido que dava no vestíbulo. Ela permanecia à mesa, esperando. O olhar dele passava por ela ou a atravessava e ela quase previa o que viria em seguida.

Ele dizia: "Mas aonde é que você vai?".

Ele dizia: "Só dar um pulinho na cidade".

Ele dizia: "Mas a gente não está precisando de nada. E se precisar eu compro. Eu sei o que comprar. A gente está precisando de como-é-que-se diz. Sapólio".

Ele dizia: "O quê?".

Ela previa quase instantaneamente, antes mesmo de ele falar. Ela não sabia especificamente, mas sentia e percebia a mudança nele. O chá fumegava na caneca. Sentada à mesa, olhava para ele e então não tinha mais dúvida quando a primeira fala eletrizante começava, porque as vozes, as vozes não eram dele.

"Mas a gente não precisa disso agora-agora. Eu compro quando eu for. Ajax. É o nome do negócio. Não estamos precisando de sapólio agora."

Ela ouvia, e era ela. Quem mais podia ser, ora. Essas coisas que ela tinha dito.

"Ajax, filho de Télamon, creio eu, se ainda me lembro da Guerra de Tróia direito, e acho que a gente também precisa de jornal porque o que a gente tem já está bem velho, e um grande e bravo guerreiro, capaz de jogar a lança a uma grande distância, e também serve pra lavar privada."

Você reconhece o que disse semanas atrás, e sim, se as palavras são recitadas para você, e sim, se é a última coisa que você disse, uma das últimas coisas, a alguém que você amava e que você nunca mais veria. Foi isso que ela disse a ele antes de ele pegar o carro e sair, ah, se ela soubesse, para ir até Nova York.

"Só uma voltinha. Só isso. Eu vou de Toyota", disse ele, disse ele, "se eu conseguir encontrar as chaves."

Era isso que o homem estava dizendo parado à porta, pequeno e fraco, derrubado por alguma coisa. Não parecia um ato de lembrança. Era bem a voz de Rey, sim, era a alma sonora de seu marido, mas ela achava que o homem não estava se lembrando, não. A coisa está acontecendo agora. Era isso que ela pensava. Ela via o homem a debater-se com sua fala e pensava que estava acontecendo, de algum modo, agora, no corpo dele, no tempo fracionado dele, e ele está apenas relatando, impotente, o que eles dizem.

Disse ele: "Dá uma caminhada, ora. Um dia tão bonito. Não vai de carro, larga essas chaves".

Disse ele: "Estão no carro. É claro. As chaves. Onde mais podiam estar? É isso. Como é que eu posso explicar? É sempre assim".

Estava parado à porta, piscando. Rey está vivo agora na mente desse homem, na boca, no corpo, na pica dele. A pele dela estava eletrificada. Ela se via, ela se vê indo até ele, rastejando. A imagem está ali à sua frente. Ela está rastejando no chão e é quase uma realidade para ele. Ela sente que alguma coisa se separou, se desgrudou silenciosamente, e tenta puxá-lo para o chão junto com ela, detê-lo, mantê-lo ali, ou então sobe nele, entra nele, dissolvendo-se, ou então, deitada de bruços no chão, chora descontroladamente, enquanto ela própria vê tudo do alto.

Ela sentia o cheiro do ungüento dele no próprio corpo, ungüento para os músculos, e depois ele parou de falar.

6.

Você está em pé diante da mesa mexendo nos papéis e deixa cair uma coisa. Só que você não percebe. Você leva um segundo ou dois para perceber, e mesmo assim você só se dá conta de uma distorção informe do espaço pululante em torno de seu corpo. Mas depois que você percebe que deixou cair alguma coisa, você ouve o ruído do objeto batendo no chão, com retardo. O som chega até você após atravessar uma imensa rede de distâncias. Você ouve o objeto cair e ao mesmo tempo percebe o que é, mais ou menos, e é um clipe de papel. Você sabe que é isso com base no som que ele faz quando bate no chão e na memória recuperada da queda em si, o objeto caindo de sua mão ou da beira do papel ao qual estava preso. O clipe escorregou da beira do papel. Agora que você sabe que o deixou cair, se lembra de como foi que aconteceu, ou se lembra em parte, ou meio que mais ou menos vê a cena, ou então outra coisa. O clipe de papel bate no chão e quica, insignificante e sem peso, um som para o qual não existe onomatopéia, o som de um clipe caindo, mas, quando você se abaixa para pegá-lo, ele não está lá.

Naquela noite ela ficou parada à porta do quarto dele ouvindo-o gemer. Era uma série de gritos débeis, semigritos, abafados e informes, e havia um eco fraco, um *feedback*, e uma desolação que excluía as palavras, as dela e as de qualquer outra pessoa.

Ela não sabia o que aquilo queria dizer. É claro que sabia. Ele não tinha uma superfície protetora. Estava sozinho e não sabia improvisar, inventar-se. Ela foi para a cama e ficou sentada, oferecendo toques e sons tranqüilizadores, atenuações da noite.

Ele estava assustado. Tão simples e verdadeiro. Ela tentava cuidar dele, torná-lo insensível ao medo. Ele estava ali, no urro do mundo. Aquela era a face ululante, crua, o não-como-se das coisas.

Mas como podia ela saber disso? Não podia.

Talvez ele fosse apenas desequilibrado, uma maluquice que não era rotineira. Se bem que nunca é rotineira. Um maluco que tenta viver em vozes alheias.

Ele estava deitado, enroscado sob um cobertor fino. Ela o descobriu e deitou por cima. A gente deve oferecer conforto. Ela beijou-lhe o rosto e pescoço e o esfregou para aquecê-lo. Enfiou a mão dentro de sua sunga e começou a respirar com ele, a estimulá-lo com pequenos gemidos ofegantes. É assim que se faz quando eles estão assustados.

Ela julgou ver um pássaro. Com o rabo do olho viu uma coisa elevar-se do lado de fora da janela, uma presença sinistra que parecia um pássaro, mas talvez não fosse. Ela olhou e era mesmo um pássaro, voando numa linha perfeitamente vertical, o corpo pardo listrado na horizontal, asas batendo com calma, um pardal, não planando no vento e sim ganhando impulso para a subida, e sumindo num instante.

Ela viu o pássaro mais em retrospecto porque de início não sabia o que estava vendo e foi obrigada a recriar aquele momento espectral, escrevê-lo como se fosse uma linha num texto de ficção, e talvez não fosse um pardal e sim um pássaro menor, cinzento e não pardo, manchado e não listrado, mas não tão pequeno quanto um beija-flor, e como é que ela podia ter certeza a menos que a coisa se repetisse, e mesmo assim, pensou, e mesmo assim.

Não é verdade porque não pode ser verdade. Rey não está vivo na consciência desse homem nem no seu tempo verbal palpável, nesse contínuo ambulante e falante.

Bela palavra, contínuo. O que quer dizer?

Ela achava que queria dizer uma coisa que continuava, um todo que continuava, e a única maneira de distinguir uma parte da outra, esta daquela, agora do então, era fazer divisões arbitrárias.

Isso é exatamente o que ele não sabe fazer.

Ela estava trabalhando o corpo, agachada no chão frio, cheirando-se.

Mas não pode ser verdade que ele oscila de uma realidade para outra, independentemente da lógica do tempo. Isso não é possível. A gente é feita de tempo. Essa é a força que nos diz quem somos. É só fechar os olhos e sentir. É o tempo que define nossa existência.

Mas a questão é essa, ele salta e escorre, de algum modo, para outros domínios do ser, outros tempos de vida, e esse é um dos aspectos de sua confusão e seu sofrimento.

De algum modo. A expressão mais frágil da língua. E mais ou menos. E talvez. Sempre talvez. Ela vivia atacando de talvez.

Ficou de joelhos, o corpo ereto e rígido, as pernas separadas pela largura dos quadris, a cabeça jogada para trás, os braços para trás, a pélvis para a frente.

Soltar os braços.

Deixar a mão direita pender sobre o pé direito e depois a esquerda sobre o esquerdo.

Tudo flui para trás a partir da pélvis.

Colocar a palma das mãos na sola dos pés, casando mãos e pés.

O tempo é a única narrativa que importa. Ele prolonga os eventos e graças a ele a gente sofre e depois se levanta e vê a morte acontecer e depois se levanta. Mas com *ele* não é assim. Ele está em outra estrutura, outra cultura, onde o tempo é mais ou menos igual a si próprio, uma coisa nua e pura, desprovida de abrigos.

Manter a posição.

Tudo flui da pélvis para trás até o peito e os ombros e os braços, chegando à cabeça furiosamente jogada para trás.

Manter a posição, respirando normalmente, depois anormalmente.

Repetir.

O vento começou ao meio-dia e continuava sacudindo as janelas quando ela estava caminhando pelos corredores cinco horas depois.

O telefone estava tocando.

Na cozinha ele deixou cair um copo com água e ela estendeu um braço, vendo o molhado pontilhado de brilhos espalhar-se pelas tábuas do chão.

O vento estridente deixava-a inquieta, fazendo-a voltar-se para dentro, de certo modo pior que a neve que tudo apaga e o acúmulo de gelo que derruba as linhas de transmissão.

Ela acendeu a lareira e depois saiu da sala e subiu a escada, ouvindo as paredes gemendo por resistir ao vento.

Na cozinha ela disse: "Não pega nisso".

As melhores coisas naquela casa eram as tábuas corridas no chão da cozinha e a balaustrada de carvalho na escada. Só de dizer as palavras. Pensar as palavras.

Disse ela: "Não pega nisso", e estendeu o braço, estendeu a mão para impedir qualquer tentativa dele de catar os cacos. "Depois eu arrumo."

O vento tem uma coisa. Ele tira de você todas as certezas, ele se intromete em você, contínuo, fazendo você sentir a fragilidade oculta de tudo que existe a seu redor, todo o recheio sólido de mil e um empreendimentos — tudo frágil, improvisado.

Ela arrumou agora. Não esperou para depois. Havia algo naquele momento que ela precisava guardar.

Ela atendeu o telefone e era o advogado de Rey. Uma história de dívidas. Ele estava muito endividado. Dívidas e obrigações. Dívidas que se desdobravam em outras dívidas. Essa notícia a alegrou. Aquilo era bem do Rey. Sentiu um jorro de afeição ao mesmo tempo que a notícia a fez pensar nos próprios problemas financeiros. Era bem o Rey que ela conhecera, e não outro qualquer. Tinha certeza de que ele não estivera ciente da situação, ou então a havia considerado uma parte tão integral da condição de sua vida que estar ciente era uma maneira de não estar ciente. Aquilo ocupava uma parte da consciência tão pequena quanto a que cabia a uma pequena tosse num dia de verão. Havia empréstimos pendentes, contas vencidas, impostos que deveriam ter sido pagos muito tempo antes. O homem recitava números com uma voz de ressonância governamental. Ressaltava as implicações, as sinistras conseqüências da situação do cônjuge. Ela riu, alegre, e desejou-lhe boa sorte.

Então ele parou de comer. Ela o colocava na cadeira e lhe dava de comer. Ela insistia e o atazanava. Ele comia um pouco, depois menos. Ela tentou alimentá-lo à força, mas ele rejeitava quase tudo de modo passivo, virando a cabeça para o lado, ou então deixava a comida entrar na boca mas depois a deixava escorrer, babando.

Ela própria começou a comer menos. Olhava para ele e não tinha vontade de comer. Ele passou quase sem comer nada três dias seguidos, e ela comeu pouco mais que ele. De certo modo aquilo era adequado. Era uma coisa na qual ela não havia pensado por conta própria.

Olhava para ele. Pobre coitado. Olhava para ele com toda a intensidade dos primeiros momentos e horas, mas havia algo nela agora que parecia diferente, quase uma dedicação mortal.

Às vezes o seguia pela casa. Ficava vendo-o dormir. Gravações matinais, perguntas e respostas, pequenas aulas e memorizações, tudo isso foi minguando num estupor de conversas vagas e depois num silêncio mais ou menos consensual. Uma vez ela lhe deu sopa com ele sentado no vaso. Os dias não tinham tom, zumbiam.

Por fim ela pegou o carro e começou a se enfiar nas estradas secundárias, as estradas de emergência, todos os lugares aonde ninguém nunca vai, depois saltou e atravessou a pé os campos chegando ao lugar mais alto, a colina ou outeiro, e vasculhou toda a área com as mãos em concha em torno dos olhos, procurando o sr. Tuttle.

Visto de uma distância grande, como seria ele, andando do jeito que andava, passo estreito, num espaço curvo?

Seria o tipo de pessoa que é fácil você não enxergar. O tipo de pessoa que, a rigor, você vê, só que não registra da maneira normal, interpretativa.

Como um homem anônimo para si próprio.

Como uma pessoa que você vê e depois esquece que viu. Assim, na mesma hora.

Ela não havia conseguido encontrar um binóculo na casa, e também o que adiantava. Ele não estava em nenhum lugar lá fora. Porém ela passou horas procurando, de pontos diferentes, as mãos ao lado dos olhos para protegê-los da luz excessiva.

Como é que um acúmulo de vulnerabilidades assim podia virar-se sozinho no mundo?

Porque é assim que é. Porque é vulnerável. Porque é sozinho.

Ou então você o vê de cabeça para baixo, tal como os olhos vêem tudo antes da intervenção do cérebro.

Ela pegou o carro e voltou para casa e atravessou todos os cômodos, um por um, mais uma vez. Pensou em subir a escada e andar até o fim do corredor e ir até o terceiro andar e encontrá-lo no quartinho que dava para a sala grande vazia na extremidade do corredor, onde o encontrara da primeira vez, sentado na beira da cama, só com roupa de baixo.

Mas quando constatou que ele não estava lá adivinhou que ele não estaria lá, se é que isso faz sentido. Alguns passos antes de chegar à porta ela já sabia que ele não estaria lá, como de fato não estava. Ela já sabia disso desde o começo.

Só lhe restava andar pelos corredores, sentindo a falta dele. Ele havia desaparecido tão completamente que não restava nada, sequer um último hálito de presença, mas no momento mesmo em que os quartos se esvaziavam à sua volta, ela sentia alguma coisa em seu corpo tentando prendê-lo ali.

Ela começou a telefonar para as instituições, cônscia da ironia, e ficou ouvindo vozes gravadas e apertando botões conforme a opção e às vezes falando com uma pessoa com uma voz artificial de preocupação moderada.

Ela dedicou dois dias a essas atividades. Na tarde do segundo dia falou com o diretor do serviço psiquiátrico de um pequeno hospital a cerca de uma hora dali, e ele disse que um homem que correspondia aproximadamente à descrição geral feita por ela havia sido recebido na véspera e estava aguardando os exames.

Ela não insistiu em pedir maiores detalhes. Queria acreditar que era mesmo ele, sendo cuidado e alimentado, limpo e protegido e medicado — livre, finalmente, do sofrimento.

Mas por que haveria de ser ele? Ele não era louco. Por que ela pensara em telefonar para hospitais psiquiátricos logo depois que o descobrira? Ele não agia como louco, apenas parecia ter problemas de expressão e compreensão. Por que ela chegara à conclusão de que havia algo de psicótico nele, e não apenas que era louco no sentido de que as pessoas que ameaçam nossos pressupostos são sempre consideradas loucas?

Por outro lado, podia ser ele, sim.

Ela tinha um negócio que enfiava na boca, um instrumento com um gume na ponta, pequeno, de plástico, e ela o esfregava contra a base da língua e raspava qualquer coisa que se acumulasse ali, restos de comida, muco e bactérias.

Isso não era uma defesa contra o funcionamento natural do corpo. Isso era o que ela fazia.

Ela calculava todas as exigências plausíveis. Em seguida, ultrapassava-as. Destruía o que havia de prático nelas. Isso era o que tinha de ser feito. Era necessário alterar a forma visível, até mesmo da língua. Ela estava suprimindo alguma coisa, fechando saídas do eu, chegando até a extremidade mais profunda da língua, oculta dos olhares humanos. A mente impunha isso ao corpo.

Era necessário porque ela precisava fazer. Era por isso que era necessário.

O futuro dele não está em construção. Já está lá, suscetível à penetração.

Estava tudo gravado na fita dela.

Ela não queria acreditar que isso fosse verdade. Era o futuro dela também. É o futuro dela também.

Ela tocou a fita mais de dez vezes.

Quer dizer que sua vida e morte já estão instaladas em seus lugares, só aguardando que você cumpra os compromissos.

Ela ouviu-o dizer: "Não pega nisso. Depois eu arrumo".

É a coisa sobre a qual você não sabe nada.

Então ela própria disse isso, alguns dias depois. Ele estava lá com ela. Era o futuro dela, não o dele.

Que proporção da nossa vivência do tempo é constituída por mitos criados por nós?

"Não pega nisso", disse ela.

Ele já sabia que isso ia acontecer. Essas eram as palavras que ela ia dizer. Ele estava lá com ela.

Depois eu arrumo.

Ela queria criar seu próprio futuro, e não entrar num estado que já tinha sido criado e adaptado ao seu contorno.

Alguma coisa está acontecendo. Já aconteceu. Vai acontecer. Era nisso que ela acreditava. Há uma história, no fluxo de consciência e possibilidade. O futuro vem a ser.

Mas não para ele.

Ele não aprendeu a linguagem. Tem de haver um ponto imaginário, um não-lugar em que a linguagem cruza com nossas percepções do tempo e do espaço, e ele é um estranho nessa encruzilhada, sem palavras nem orientação.

Mas ela sabia o quê? Nada. Este é o papel do tempo. Ele é a coisa sobre a qual você não sabe nada.

Ela o ouvia dizer isso, na gravação, com uma voz que provavelmente era dela.

Mas ela poderia ter inventado aquilo, boa parte. Não a partir do nada. Mas em retrospecto, na memória.

Mas ela tinha aquilo gravado, e era ele que estava dizendo.

Então foi ela mesma que disse, mas e daí. E daí se ela disse a mesma coisa com as mesmas palavras.

Não quer dizer nada. Isso de as pessoas dizerem a mesma coisa.

Ela tinha a gravação, ele dizendo, mas ela podia perfeitamente estar lembrando errado as palavras que ela própria dissera quando ele deixou cair o copo com água. Podia ter sido diferente. Ligeiramente, muito moderadamente diferente.

Mas e daí se é a mesma coisa.

Passado, presente e futuro não são amenidades da linguagem. O tempo se desenrola nas suturas do ser. Ele atravessa você, fazendo e moldando.

Mas não se você é ele.

Eis um homem que se lembra do futuro.

Não pega nisso. Depois eu arrumo.

Mas se você examina a questão metodicamente. Seja inteligente, pensou ela, e analise friamente. Reduza a coisa a seus componentes e examine.

Se você examina a questão metodicamente, você se dá conta de que ele é um homem retardado que tem a infelicidade de ser bem-dotado em certas áreas especializadas, como retenção de memória e mimetismo, um homem que estava escondido numa casa grande, escutando.

Nenhuma outra coisa faz sentido.

É a coisa que ninguém compreende. Porém ela faz e molda você. E nessas noites depois de ele sumir ela às vezes ficava sentada com um livro no colo, os olhos fechados, e o sentia vivo em algum lugar no escuro, está mais frio onde ele está, lá é mais inverno, e ela queria aconchegá-lo, tentar conhecê-lo nos espaços em que se oculta o caos dele, em todos os quartos de cantos macios e verbos que se desenrolam, as classes gramaticais em que ele deveria localizar sua existência, e no lugar material em que Rey vive nele, vivo outra vez, palavra por palavra, toque por toque, e ela abria e fechava os olhos e pensava num piscar de olhos que o mundo tinha mudado.

Ele viola os limites do humano.

Por algum tempo ela parou de atender o telefone, tal como vinha fazendo de modo intermitente desde os primeiros dias, e quando voltou a atender usava uma voz diferente.

Os olhos dela tinham de se adaptar ao céu noturno. Ela se afastava da casa, caminhava até onde não respingava a luz elétrica e o céu se tornava mais profundo. Ela ficava olhando por muito tempo e o céu começava a espalhar-se e derreter-se e aprofundar-se ainda mais, gerando camadas e magnitudes e anos-luz em números tão inatingíveis que alguém tinha de inventar nomes idiotas para representar os aglomerados de uns e zeros e potências e potestades, porque apenas a linguagem noturna da infância pode nos salvar do terror e da vergonha.

De início a voz que ela usava ao telefone não era de ninguém, uma voz humana genérica neutra, mas depois passou a usar a dele. Era a voz dele, um som seco e agudo, oco, como se um pássaro zumbisse em sua língua.

BODY ART IN EXTREMIS:
LENTA, PARCIMONIOSA E DOLOROSA

Estamos no segundo andar mal iluminado de um café árabe em Cambridge, Massachusetts, e Lauren Hartke está comendo uma salada de queijo de cabra, cravando o garfo na comida como se estivesse furiosa com ela.

Entre garfadas ela conversa sobre sua mais recente criação, exibida num espaço de masmorra no Boston Center for the Arts.

Ela se impôs uma transformação chocante para essa performance, e embora a curta temporada já tenha terminado ela continua com um ar... digamos, depauperado.

Dizer que ela está pálida seria pouco: está sem cor, exangue, sem idade. Os ossos estão de fora, os olhos um pouco esbugalhados. Seu cabelo é puro terrorismo. Não foi aparado, e sim tosado, e o tom natural de castanho lustroso foi substituído por um branco morto, com laivos rosados.

Será que se eu usar a palavra "albino" vou ser patrulhada como politicamente incorreta?

"É vaidade. Só isso", diz ela. "Mas vaidade é essencial para uma atriz. É um vazio. É essa a origem da palavra. E é em direção a isso que eu estou seguindo no meu trabalho, é essa a minha matéria-prima."

Hartke, trinta e seis anos, estava casada com o diretor de cinema Rey Robles quando ele se suicidou. O pai dela, o doutor Robert Hartke, é um helenista aposentado que faz trabalho de campo como voluntário em escavações arqueológicas no mar Egeu. Sua mãe, Genevieve Last, já falecida, tocava harpa na Milwaukee Symphony Orchestra. Ela tem um irmão mais velho, Todd, que trabalha no Departamento de Estado como sinólogo.

"Não sei se esse trabalho foi para o lado que eu queria que ele fosse", diz Hartke. "Uma parte dele continua dentro da minha cabeça, mudando de forma."

O trabalho em questão, *Tempo Corporal*, foi apresentado por três noites, sem publicidade alguma que não a boca a boca, e atraiu platéias ávidas cujo entusiasmo nem sempre durou até o final do espetáculo. Está claro que Hartke queria que o público sentisse a passagem do tempo visceralmente, até mesmo dolorosamente. E foi o que aconteceu, levando as pessoas menos envolvidas a sair no meio.

Elas perderam o melhor da festa.

Hartke é uma *body artist* que tenta livrar-se do corpo — pelo menos o dela. Tem um homem que se exibe numa galeria de arte enquanto um colega dá tiros em seu braço. Isso é arte. Tem um outro, inteiramente coberto de tatuagens, que se faz cingir com uma coroa de espinhos. Isso é arte. Já o trabalho de Hartke não é exibicionista nem masoquista. Ela representa, sempre se tornando outra ou explorando alguma identidade básica. Tem uma mulher que faz pinturas com a vagina. Isso é arte. Tem o homem nu e a mulher nua que se jogam um no outro com uma velocidade cada vez maior. Isso é arte, sexo e agressividade. Tem o homem que, trajando uma lingerie ensangüentada, copula com um monte de carne moída. Isso é arte, sexo, agressividade, crítica cultural e verdade. Tem o homem que crava pregos no próprio pênis. Isso é só verdade.

A performance de Hartke começa com uma velha japonesa num palco vazio, gesticulando do modo estilizado típico do teatro nô, e termina uma hora e quinze minutos depois com um homem nu, macilento e afásico, tentando desesperadamente nos dizer alguma coisa.

Assisti a duas das três performances e não faço idéia de como Hartke altera o corpo e a voz. Ela só fala sobre o assunto em termos gerais.

"O corpo nunca foi meu inimigo", diz ela. "Sempre me senti inteligente no corpo. Eu o ensinei a fazer coisas que os outros corpos não sabem fazer. Ele me absorve de modo desinteressado. Eu tento analisar e redesenhar."

(A bem da verdade, devo dizer que Hartke e eu fomos colegas de faculdade e nunca perdemos o contato uma com a outra. Conversávamos sobre filosofia. Eu assistia às aulas como ouvinte. Ela era tão doida que optou por filosofia, mas largou a faculdade para entrar para uma trupe de artistas de rua em Seattle.)

Durante boa parte do espetáculo há um acompanhamento sonoro, a voz anônima e mecânica de uma secretária eletrônica repetindo um aviso. O aviso é repetido de modo implacável e aos poucos começa a intrometer-se na textura visual da performance.

A voz infiltra em particular a sessão intermediária da performance. Vemos uma mulher vestida como uma executiva, carregando uma pasta, consultando a hora no pulso e tentando chamar um táxi. Ela passa de modo um tanto formal (talvez inspirada na velha japonesa) de uma ação para a outra. Faz isso muitas vezes, uma infinidade de vezes. Depois repete os mesmos atos, meio que fazendo piruetas em extrema câmara lenta. Ou bem você fica olhando e escutando num fascínio hipnótico ou bem você também começa a olhar para o relógio e acaba saindo disfarçadamente da sala, desaparecendo na noite.

Diz Hartke: "Sei que algumas pessoas acham que a performance foi lenta e repetitiva demais, e também que nada acontece. Mas eu acho que acontece coisa até demais. Eu pus coisas demais. Devia ser mais parcimoniosa, ainda mais lenta do que é, ainda mais demorada do que é. Devia durar três horas, porra".

"Por que não quatro? Por que não sete?"

"Por que não oito?", diz ela.

Pergunto-lhe a respeito do vídeo que é projetado na parede ao fundo durante todo o espetáculo. Ele mostra apenas uma estrada de duas pistas, com pouco tráfego. Passa um carro numa direção, um carro na outra. Um mostrador digital registra a passagem do tempo.

"Tem algo a ver com o passado e o futuro", diz ela. "O que podemos conhecer e o que não podemos conhecer."

"Mas aqui nós conhecemos os dois."

"Nós conhecemos os dois. Nós vemos os dois", diz ela, e não diz mais nada.

Fico esperando. Como um pouco do meu *baba ghanouj*. Olho para Hartke. Afinal, o que é *baba ghanouj*?

"Talvez a idéia seja pensar no tempo de modo diferente", diz ela após algum tempo. "Parar o tempo, ou estender, ou abrir o tempo. Fazer uma natureza-morta que seja viva, e não pintada. Quando o tempo pára, nós também paramos. Nós não paramos, somos reduzidos, ficamos menos confiantes. Não sei. Quando sonhamos, ou estamos com febre alta, ou drogados, ou deprimidos. O tempo não fica mais devagar, ou até parece parar? O que é que resta? Quem é que resta?

O último dos corpos que ela cria, o homem nu, é desprovido de qualquer língua ou cultura reconhecível. Ele anda de um jeito engraçado, como se estivesse num quarto escuro, só que mais devagar e gesticulando. Ele quer nos dizer alguma coisa. Sua voz é ouvida, de modo intermitente, numa gravação, e Hartke faz dublagem das palavras.

Terei eu alguma vez olhado para uma figura no palco e visto uma pessoa tão solitária?

As palavras dele constituem um monólogo sem contexto. Verbos e pronomes se espalham no ar e depois uma coisa surpreendente acontece. O corpo salta para outro nível. Numa série de movimentos eletroconvulsivos, o corpo perde o controle, começa a rodopiar e a saltar de modo assustador. Hartke faz com que seu corpo execute movimentos que só vi antes em desenhos animados. É uma espécie de acesso que tira o homem de uma realidade e o joga em outra.

O espetáculo está quase terminando.

Respiro fundo e faço a pergunta que não quero fazer. É a respeito de Rey Robles, o breve casamento e o choque do suicídio.

O olhar dela me atravessa e sai do outro lado. Eu insisto, me sentindo péssima, lembrando a única vez em que nós três estivemos juntos, em Roma, quando Rey apareceu para jantar com um gato vira-lata no ombro.

A lembrança ilumina seus olhos e ela entristece um pouco. Tento pôr a culpa no gravador que está na mesa. É um gravador de voz digital ergonomicamente desenhado, com dez centímetros de comprimento, pesando quarenta e cinco gramas, com capacidade de armazenar mensagens, e a culpa é do desgraçado cuja voz está no gravador, não minha.

O olhar dela está perdido no espaço.

"Seria muito simples se eu pudesse dizer que esse trabalho saiu diretamente do que aconteceu com o Rey. Mas não posso. Seria legal se eu pudesse dizer que é um drama dos homens e mulheres enfrentando a morte. Eu quero dizer isso mas não posso. É muito pequeno, isolado, complicado, e não posso não posso não posso."

Em seguida ela faz uma coisa que me deixa paralisada. Ela troca de voz. É a voz dele, do homem nu, uma coisa assustadora, como um instrumento de sopro soando dentro do seu armário. Não há uma gravação, é ao vivo. Não é uma dublagem, é uma pessoa falando. Está falando comigo, e eu olho para o rosto da minha amiga, mas o que vejo não é bem ela. Não sei direito o que ela está fazendo. Sou quase capaz de acreditar que ela está com órgãos genitais masculinos, como no espetáculo, falsos, é claro, e talvez curativos da cor da pele para disfarçar os seios, e alguns pêlos colados no meio. Ou então ela ensinou a metade superior do corpo a esvaziar e a inferior a inflar. Não vá pensar que ela não é capaz de fazer isso.

Ela diz que vai ao banheiro. Quando a garçonete aparece com a conta, vem-me à mente a idéia de que já posso desligar o gravador.

O poder da performance está no corpo de Hartke. Às vezes ela faz da feminilidade uma coisa tão misteriosa e forte que engloba os dois sexos e toda uma variedade de estados sem nome. No passado ela já habitou o corpo de adolescentes, pregadores pentecostais, uma mulher de cento e vinte anos de idade que se alimentava de iogurte e, o mais memorável de todos, um homem grávido. Sua arte na atual performance é obscura, lenta, difícil e às vezes torturante. Mas nunca tem a ver com a agonia grandiosa de imagens e cenários portentosos. Tem a ver com pessoas.

Continuo esperando por Hartke, mas ela não volta.

Mariella Chapman

7.

O esquilo morto que você vê na entrada da garagem, morto e decapitado, termina revelando-se um pedaço de estopa retorcida, mas você olha para ele, você passa por ele, assim mesmo, com um misto de terror e piedade.

Porque era um solitário. Porque subia fumaça dos vales na serra coberta de mata e as samambaias estavam marrons, queimadas pelo tempo. Havia um juízo severo no descampado, tons de terra queimada sob céus escurecidos, e nos pedregulhos largados pelo mar nas fímbrias da mata de pinheiros, um temperamento antigo e pétreo, um rigor de juramento e obstinação. E porque ele dissera aquilo, que ela estaria ali no final.

Ela estava com uma suéter suada, um pulôver, que tinha vestido, sem querer, ao contrário, e ficou parada decidindo se deveria tirá-lo e vesti-lo de novo ou se continuaria sentindo o leve desconforto da gola alta demais roçando no pescoço. Era um pulôver de gola reta. Ela sentia a etiqueta arranhando o pescoço na altura da garganta. Não arranhando exatamente, e sim outra coisa, e enfiou o dedo médio e o indicador dentro da suéter, os cotovelos virados para cima e para fora, pensando no vazio daquela decisão.

Disseram rigoroso inverno rigoroso.

Mas ela está de volta ali, na casa, tal como ele dissera, embora já tivesse expirado o contrato. Não que ela se lembrasse das palavras exatas dele. Mas entendera que ele queria dizer isso, eram essas suas palavras inexatas, o significado claro ou vago delas. Ela renovou o contrato, sejam quais forem as palavras que ele usou, e sabe que fez isso para tornar verdadeira a afirmação feita por ele, o que provavelmente invalida qualquer pretensão de veracidade dessa afirmação. Não foram as circunstâncias que a mantiveram ali, nem foi o acaso perplexo, porém apenas a afirmação em si, que ela relembra apenas vagamente ter sido feita por ele.

Ela arrancou fora a suéter e esbarrou com a mão na luminária que pendia do teto, cuja presença ali ela esquecia sempre, e depois a vestiu direito, a frente para a frente, conforme a intenção do fabricante lá em Taiwan.

Ela sabia que eram cinco e meia e consultou o relógio. Era isso mesmo.

Quando não conseguia lembrar-se da aparência dele, debruçava-se sobre um espelho e lá estava ele, não exatamente, apenas um esboço, quase nada, mas ele de certo modo, um modo de pensar, em alguns espelhos mais que em outros, mais que uma reprodução piedosa, dependendo da hora e da luminosidade e da qualidade do vidro, as estratégias do vidro, com sua permutação de esquerda e direita, este cômodo ou aquele, porque cada imagem em cada espelho é apenas virtual, mesmo quando você espera ver a si própria.

Ela subiu a escada, tocando o alto do balaústre ao chegar ao patamar. Era uma coisa que ela sempre fazia porque tinha de fazer, sentindo a textura do carvalho, os altos e baixos da madeira. A coluna ia afilando para o alto, terminando com um padrão de folhas de acanto, e era a melhor coisa da casa, praticamente a melhor, isso e o soalho de tábuas da cozinha.

Ela deu uma olhada em Kotka, depois do jantar, na Finlândia.

Por cinco dias seguidos foi de carro até a ponta, o promontório, porque as gaivotas que pousadas parecem um tanto atarracadas com aquelas pernas finas quando batem asas parecem levar em seu vôo diagonal todo esse tempo preso à pedra, libertando-o da geologia, da ciência e da mente, emprestando-lhe leveza e altitude e corpo, trazendo-o para os músculos das asas e o fluxo sangüíneo, para seus corações fortes a pulsar, seus corações metronômicos, e porque sabia que havia chegado o dia em que a coisa aconteceria.

Escutava o som que fazia o papel encerado, deslizando pela borda da caixa quando ela o rasgava na serra.

As serpentinas da calefação começaram a fazer um barulho metálico, uma coisa que agora se tornara comum.

Sentou-se para comer a comida que havia em seu prato e pensou não estou com fome. O telefone estava tocando. Às vezes pensava com palavras, diretas e bem articuladas. Não tinha certeza de quando isso começara a acontecer, havia um dia ou um mês, porque tinha a impressão de que sempre fora assim.

Talvez acreditasse que poderia entregar-se à realidade dele, resolvendo a logística de palavra e pensamento, porque era assim que ele parecia deslocar-se por uma frase ou uma sala.

Há talvez ocasiões em que passamos para outra realidade porém não nos lembramos dela, não conseguimos assumir a realidade do ocorrido porque seria uma coisa devastadora demais para absorver.

Era isso que acontecia. Ela ia até certo ponto, mentalmente, nos quartos e corredores, e então a coisa parava.

Caminhava pela estrada de emergência, passando pela casa desengonçada de estrutura triangular com uma cruz recém-pintada de branco saindo do vértice superior, com uma placa na frente com a palavra SALVAÇÃO.

Limpava o banheiro, usando a garrafa com aplicador de spray. Então apontou o spray para a própria cabeça, vendo a si mesma como alguém que fazia algo que qualquer um poderia fazer, sozinha, sem nenhuma referência especial às circunstâncias em que a pessoa se encontrava. Era o desinfetante com cheiro de pinho, o vidro com mecanismo de spray e gatilho, limpador de ladrilhos e argamassa, matador de mofo, e apontou o bico, a boca do cano para sua cabeça, o dedo no gatilho plástico, a língua de fora para fazer efeito.

Isso é o que as pessoas fazem, pensou, sozinhas na vida.

Era feliz de certo modo, de muitos modos, envolta em esperança, podendo voltar para aquela casa depois de longas manhãs passadas perambulando entre os pinheiros, onde ia dizendo os nomes das plantas para ele, soletrando as palavras, ou tardes inteiras agachada sobre as enormes pedras de granito na ponta, no promontório, vendo as nuvens se formando no céu e as plumas de espuma subindo cada vez mais alto das ondas, porque era isso que aconteceria quando ela voltasse, passando a mão em amontoados de algas e sabendo que subiria a escada, tocando o topo do balaústre no patamar, e percorreria o corredor e chegaria ao tempo dele.

As histórias que contava para si própria não pareciam ser exatamente dela. Era tão descuidada sua presença nelas que tinha a impressão de que elas vinham de uma fonte mais profunda, fosse lá o que isso fosse, uma coisa que a estava dominando. De onde viriam elas? Não do jornal. Ela não lia jornal fazia algum tempo. Na cidade olhava para o jornal, na venda, só a primeira página, e aquilo parecia fazer parte de uma estrutura completamente diferente, uma histeria deliberada de imagens e tinta, o mundo por alguns instantes fácil de amar e odiar, tão confiável e olvidável com suas receitas e guerras e erros tipográficos.

Ao sair da loja, viu a japonesa vindo em sua direção, a mulher de cabelo branco, e ela estava com um casaco forrado e as mãos escondidas. As mãos estavam recolhidas nas mangas do casaco, para se protegerem do frio, e ela olhava para a mulher, as mangas aparentemente vazias, e ficou maldizendo a si própria por não ter pensado nesse detalhe para a performance, porque era uma coisa fantástica, a mulher sem mãos, era tudo que ela precisava saber a respeito da mulher e teria sido perfeito para a performance, e ela se torturava com o mistério de uma figura a gesticular, à meia-luz, sem mãos, e olhou para a mulher com um sorriso falso quando ela passou.

Por que não afundar na coisa? Que a morte derrube você. Conceda à morte o domínio.

Por que motivo a morte de uma pessoa amada não pode arrastar você para um fim horrendo? Você só sabe amar as pessoas que ama depois que elas desaparecem abruptamente. Então você compreende que sempre manteve uma distância sutil do sofrimento delas, sempre se poupou, só muito raramente expôs seu coração, sempre tecendo redes de dar e receber.

Ela mantinha essas idéias em todos os seus modos de ser. Olhos, mente e corpo. Caminhava despercebida pelas ladeiras da cidadezinha, mantendo essas idéias, comprando comida e artigos de ferragens e brincando com esses pensamentos até certo ponto, no corredor comprido, em meio a fechaduras, ferramentas e copos.

Por que motivo a morte dele não pode arrastar você para um escândalo completo, desses de rasgar vestes? Por que você tem de adaptar-se à morte dele? Ou entregar-se a ela num sofrimento decoroso, de lábios bem apertados? Por que abrir mão dele se você pode andar até o final do corredor e encontrar uma maneira de colocá-lo ao seu alcance?

Afunda mais, pensou ela. Deixa a coisa derrubar você. Vai até onde ela te levar.

Às vezes ela pensava através dessas formas motoras, dirigindo-se a alguém que não era exatamente ela, e outras vezes de formas diferentes. Pensava em rostos, no ar a sua frente, o homenzinho desaparecido quando conseguia evocá-lo, bem à sua frente, quase encostando no osso das órbitas de seus olhos.

Eu sou a Lauren. Mas cada vez menos.

Quando saltou do carro, havia uma pessoa. Não tinha ainda saltado do carro, ainda estava meio dentro dele, começando a esticar o corpo, quando uma figura surgiu acima dela, na estrada de terra.

Ela quase caiu sentada de volta ao banco. Foi um momento avassalador. Levantou a vista e olhou para ele, um homem grande, de meia-idade, falando com ela.

Quando por fim se levantou, viu o carro dele, estacionado ao lado da casa. Ouviu-o falar com ela. Tentava escutar o que ele estava dizendo e entender a situação, determinar seus limites de modo preciso.

"Não quero de modo algum incomodá-la. Tentei telefonar várias vezes. Ninguém atendia. Eu compreendo perfeitamente. A senhora está aqui para fugir daquilo."

"E o senhor está aqui?"

Ela estava zangada agora. O efeito daquela figura surgindo, a ameaça começava a morrer. O medo começou a se dissolver em seu corpo, penetrando a corrente sangüínea e as fibras nervosas, chegando às pontas dos dedos, e ela fechou com força a porta do carro, batendo a porta.

"Pra falar sobre a casa", disse ele, num tom um tanto neutro. "É que essa casa é minha, ainda. Minha e da minha mulher."

O homem deu um passo para trás e virou-se um pouco para olhar para a casa, trazendo sua presença material para o diálogo — a casa dele. Agora que ele olhara para ela, não havia mais dúvida quanto a isso.

"E tem uma coisa que o senhor queria discutir comigo."

"Isso mesmo", disse ele, com uma espécie de explosão rubicunda, satisfeito por ela apreender o momento.

Fez-se uma pausa. O homem parecia um pouco gasto nas beiras, talvez um mal-estar formado com a passagem de muitos anos.

Ela perguntou: "Quem convida quem a entrar?".

Ele levantou as mãos.

"Não é necessário. Nem pensar. Não, não, absolutamente."

Então ele riu da pergunta dela. Por fim a ficha caiu e ele riu, exibindo os dentes sépia. Ela esperava. Estava começando a se interessar. Começava a achar que estava se encaixando em alguma coisa, sentindo-se confortável aqui fora, na estrada de terra, junto com o dono da casa.

"Então, quer dizer que está gostando?"

"De modo geral, acho que sim."

"Porque se houver qualquer coisa."

"Não, tudo bem, eu acho. Os cômodos."

"É."

"Cômodos e mais cômodos."

Estava frio. Ela não sabia se já era para estar tão frio.

"É", disse ele. "Está na família. Deixa eu ver, desde sempre. Mas a manutenção."

"Eu imagino."

"O trabalho, a atenção. Temos toda uma tradição de famílias grandes, sabe. É um tal de, sabe, consertar, pintar. Tem sempre uma coisa precisando."

Ela esperava que ele falasse de Alma, sua mulher, e comentasse que os filhos estavam crescidos e morando em outro lugar.

"E o que a gente queria na verdade."

Ele espichou o corpo, estendendo-o para cima, oblíquo, numa pequena epifania de alegre expectativa. Ela o viu naquele gesto como um homem tentando desvencilhar-se de toda uma vida de timidez e constrição.

"Se a senhora não se incomodar."

Ela escutava, praticamente vendo as palavras, e gostava um pouco mais do homem, e sentia um estado confortável de alerta, a sensação de estar dentro do momento.

"Sei."

"É que tem uma cômoda. Fica guardada num dos quartos do andar de cima. Embrulhada, creio eu. Provavelmente embrulhada naquele pano forrado que eles usam. Talvez a senhora tenha visto já. Porque ia ser levada, transportada, aí não sei por quê, a senhora sabe como é, as coisas nem sempre acontecem quando deveriam. É uma peça delicada, em duas partes, bem antiga."

Não era isso que era para ele dizer.

"Um dos quartos que nunca são usados no andar de cima, embrulhada num tecido forrado. E o que a gente queria fazer", disse ele.

Ela observava o traçado de vasos sangüíneos no rosto dele, um homem grande, sim, e já entrado em anos, já velhusco, a pele começando a ficar esticada, as rugas se aprofundando em volta dos olhos, e agora era para ele dizer alguma coisa sobre o sr. Tuttle, por que ele fora embora e para onde tinha ido e o que mais havia a dizer a respeito do homem, esclarecer, explicar e analisar.

"Era mandar uma pessoa vir pegar, se a senhora não se incomodar. A gente tentou ligar e a mulher ligou, a mulher da imobiliária. É uma peça que está na família há muito tempo. A gente queria restaurar e colocar no nosso quarto, na nossa casa. Há algum tempo que a gente vem falando nisso. Nossa casa atual, é claro. Mas sabe como é, essas coisas, pois é."

Ele tinha medo de parar de falar porque ela não dera nenhum sinal de sim nem de não e parecia estar se desligando da cena. Ele deu um passo para trás e executou mais uma meia-volta, e lá estavam os dois parados no frio, proprietário e inquilina, olhando vagamente para a casa.

Ela tentou lembrar-se da aparência dele e depois esqueceu seu nome. Mas só por pouco tempo. Foi só por pouco tempo e não era o nome dele. Era o nome dela que ele tinha mencionado.

De manhã ela ouviu o barulho.

Sabia que eram sete e vinte, mais ou menos, e olhou para o relógio da cozinha. Era isso mesmo.

Deu-se conta na mesma hora de que não era o barulho do terceiro andar. Era diferente, num ponto mais baixo da estrutura da casa, menos furtivo que antes.

Foi atravessando os cômodos passo a passo, sabendo que ia acontecer assim, como uma ladainha, uma voz de homem, a voz dele, e o ritmo da voz foi guiando o ritmo de seus passos enquanto ela subia a escada e medindo o movimento de sua mão sobre o balaústre. Estar aqui veio a mim. Porque era solitário, o litoral nessa época do ano, e porque ela precisava tocar no balaústre todas as vezes.

Atravessou o patamar e entrou no corredor, sentindo fosse lá o que estivesse sentindo, exposta, aberta, desprovida de camadas, por assim dizer, se é que isso quer dizer alguma coisa, e percebia o mundo em cada passo.

Sabia como a coisa ia acontecer, passando de carro pelas placas de NOVOS USADOS, uma pilha de lenha em cada telheiro e amortalhada em encerado azul ao lado das garagens e dos celeiros. Ela voltaria para casa e subiria a escada, passando por MUDANÇAS e PEÇAS E ACESSÓRIOS, e desceria o corredor do segundo andar, em compasso com a ladainha, encaixando-se num corpo em processo de tornar-se dela.

Ela o ouvia no peito e na garganta, falando de modo hipnótico, e aproximou-se da porta de seu quarto, o quarto dela, não tão alto na estrutura da casa. O quarto do terceiro andar só tinha uma cômoda embrulhada em tecido forrado para mudanças. O tempo dele era aqui, sua medida ou dimensão ou qualquer outra expressão complicada que você preferisse.

Ela era uma besta, uma grandessíssima besta. Aproximava-se da porta e era uma besta nisso e naquilo mas não em seu quarto, passando por LANTERNAGEM e NOVOS USADOS, com lenha empilhada em lona, porque era ali que Rey estava intato, em seu corpo verdadeiro, fumaça no cabelo e nas roupas.

Ela sabia como ia acontecer, ultrapassando o ponto de brincar com a coisa, porque se recusava a ceder aos limites da crença.

Assim que entrar no quarto ela já terá estado ali, agora, à noite, tirando a roupa. É uma questão de adaptar-se ao momento, tirar uma suéter suada, de costas para a cama. Ela está em pé, descalça, levantando o braço, a mão batendo de leve em alguma coisa acima dela. Ela se lembra da luminária pendurada no teto, a luminária que não tem nada a ver com aquele quarto, o quebra-luz de metal meio solto, então se vira e olha, sabendo o que vai ver.

Ele está sentado na beira da cama, de roupa de baixo, acendendo o último cigarro do dia.

Você é incapaz de imaginar uma coisa assim mesmo quando a vê?

A coisa que está acontecendo é tão estranha à experiência externa que você é obrigada a criar desculpas para ela, ou lhe emprestar as credenciais mesquinhas de um erro de percepção?

Será a realidade forte demais para você?

Corra o risco. Acredite no que você vê e ouve. É o pulsar de todas as pistas secretas que você já percebeu em torno das beiras da sua vida.

São dois corpos de verdade num quarto. É assim que ela os sente, no coração lascado da fração de segundo que leva para contornar o alizar da porta, com mãos que tocam e esfregam e bocas que se abrem lentamente. O pau dele está subindo na mão dela, frouxa e rosada. Suas bocas estão escancaradas para línguas, mamilos, dedos, toda e qualquer projeção de carne, e para sussurros do que era e é, e seus olhos se abrem um para a alma do outro.

Ela parou diante da soleira da porta, percebendo a expressão no próprio rosto.

Eles já devem ter dormido e acordado e descido para tomar o café da manhã, em que cada um atravessa sua rotina separada, servir o leite e sacudir o suco, um gaio azul assistindo do comedouro, e ela cheira os grânulos na caixa da soja. É a coisa mais simples do mundo ela ir até o carro dele e pegar as chaves do carro e escondê-las, amassá-las com o martelo, devorá-las, enterrá-las no húmus lá fora num dia de sol forte de fim de verão, depois de uma tempestade com trovões.

Mas antes de entrar no quarto sentiu a expressão no próprio rosto. Ela conhecia essa expressão, um friso de falsa expectativa.

Ficou parada por um tempo, se aprofundando nessa idéia. Parou na soleira do quarto, olhando para trás, para o corredor, e sentiu o vazio a sua volta. Foi então que foi descendo até o chão, balançando-se, apoiando-se no alizar. Foi descendo a contorcer-se, devagar, quase absorta, e abriu a boca, *ah*, um gemido que permaneceu surdo. Sentou-se no chão à porta de seu quarto. O rosto ainda exibia aquele friso decorativo, um vestígio nos olhos daquela maravilha de possibilidades. Era uma expressão que quase se desprendia dela de tal modo que ela pudesse encher de ar as bochechas, como uma criança, e soprá-la para longe.

Pensou que não valia a pena olhar ali dentro. Seria patético olhar. O quarto dava para o leste e estaria chafurdando na luz matinal, com suas teias de sedimentos e feixes de poeira ensolarada e a palavra *ciscos*, que sua mãe gostava de usar.

Talvez tudo fosse um devaneio erótico. A coisa toda uma cidade construída para um pensamento indecente. Ela sofria de histeria sexual, ha. Não que acreditasse nisso.

Permanecia sentada, mergulhando no vazio de sua decisão. Então se obrigou a levantar-se encostada no alizar, lentamente, respirando por completo, as costas contra a madeira acanalada, levantando-se meio que de cócoras, prolongando aquele ato por muito tempo. A mãe morreu quando ela tinha nove anos. Não foi por culpa sua. Não teve nada a ver com ela.

O quarto estava vazio quando ela olhou. Não havia ninguém ali. A luz era tão vibrante que dava para ver as cores verdadeiras das paredes e do soalho. Ela nunca tinha visto as paredes antes. A cama estava vazia. Ela sabia desde o começo que estava vazia, estava só alcançando a própria consciência agora. Olhou para o lençol e o cobertor revirados de um dos lados da cama, o único lado que estava em uso.

Entrou no quarto e andou até a janela. Abriu-a. Escancarou a janela. Não queria saber por que fazia isso. Então entendeu. Queria sentir a maresia no rosto e o fluxo de tempo no corpo, para que lhe dissessem quem ela era.

ESTA OBRA FOI COMPOSTA PELA SPRESS EM MERIDIEN E IMPRESSA PELA PROL EDITORA GRÁFICA EM OFF-SET SOBRE PAPEL PÓLEN BOLD DA COMPANHIA SUZANO PARA A EDITORA SCHWARCZ EM NOVEMBRO DE 2001